初见——那时中东
CHUJIAN——NA SHI ZHONGDONG

时代出版传媒股份有限公司
安徽文艺出版社

初见
——那时中东
CHUJIAN——NA SHI ZHONGDONG

吴宜华 ◎ 著

时代出版传媒股份有限公司
安徽文艺出版社

图书在版编目(CIP)数据

初见:那时中东/吴宜华著.—合肥:安徽文艺出版社,2014.1
(听风书系)
ISBN 978-7-5396-4774-6

Ⅰ.①初… Ⅱ.①吴… Ⅲ.①游记-作品集-中国-当代
Ⅳ.①I267.4

中国版本图书馆 CIP 数据核字(2013)第 275967 号

出 版 人:朱寒冬	丛书策划:岑 杰
责任编辑:岑 杰	装帧设计:许含章

出版发行:时代出版传媒股份有限公司　www.press-mart.com
　　　　　安徽文艺出版社　www.awpub.com
地　　址:合肥市翡翠路 1118 号　邮政编码:230071
营 销 部:(0551) 63533889
印　　制:安徽新华印刷股份有限公司　(0551)65859128

开本:880×1230　1/32　印张:6.125　字数:120 千字
版次:2014 年 1 月第 1 版　2014 年 1 月第 1 次印刷
定价:25.00 元

(如发现印装质量问题,影响阅读,请与出版社联系调换)

版权所有,侵权必究

目录

自序

1. 战争之创 /001
2. 陌生人的归属感 /006
3. 一次别离 /011
4. 没有恰如其分的暧昧 /016
5. 走进传统的伊朗家庭 /019
6. 女性的头巾与法律 /027
7. 亲爱的伊朗大叔 /031
8. 亚美尼亚的咖啡时光 /038
9. 当我一无所有 /044
10. 无处投递的信 /048
11. 意外的伤口 /055
12. 我的伊朗家人 /063
13. 服务生阿里 /069
14. 转身便各自天涯 /075
15. 寻找一座城市的记忆 /082
16. 忧伤的伊斯坦布尔 /089
17. 贝鲁特的香艳与危机 /098
18. 在中东的枪口下 /105

19. 一个印度老人的故事/111
20. 性骚扰与舆论/118
21. 我不是非法劳工和妓女/122
22. 强奸的传闻与传统的婚礼/127
23. 沙漠里的安全感/133
24. 一场狂热仓促的爱慕/138
25. 贝都因人/143
26. 流浪无关虚无的浪漫/147
27. 原始的游牧生活/152
28. 要相信爱,子轶/157
29. 埃及不眠夜/163
30. 开罗,开罗/169
31. 喧嚣背后的宁静/176
32. 初见/181

自序

去年夏天，启程前往中东和高加索。

在路途中慢慢写下一些文字，现在看来，它们就像记事本上的潦草字迹一样，带着明显的个人印迹和自语式的散漫脾性。在夜幕下的火车站月台上，在大雨中的偏远村寨，在广袤无边的玫瑰色沙漠腹地，在那些高温而漫长的日子里，完成的一本凌乱的手稿。

这一段历时数月的行走，以小说的方式记录旅途的痕迹，也许并没有十足的意义。它只是，只是生活的一部分。当笔尖在纸上发出刷刷的声响，我知道，即使当下我正眼含热泪，而许多年以后，关于路上的记忆终究会敌不过时间而变得支离破碎。文字写不尽彼时，亦无法对抗遗忘，执著地写下它，仿佛是悉心保存一张在岁月中逐渐发黄的珍贵照片，愿来日重拾相对，纵然过往旅途无法历历在目，心底却有宛如初见的惊喜。

时隔一年，为此写下序言的时候，我正穿越帕米尔高原。频繁故障的吉普车在蜿蜒崎岖的山路上不得不再度停下，重峦叠嶂的贫瘠山脉间一条磅礴奔腾的灰色河流沿着崖壁滚滚向前，激流在山谷中发出巨大的回响。山顶尚有一抹洁白的积雪，飞鸟迅捷地划过天空，河岸碎石滚落，寸草不生，一个牧民赶着毛驴不知去向何方。

河的另一边，便是阿富汗。

就在几天前，我才离开那个神秘陌生危机四伏的国度。硝烟不见，而战争的痕迹依旧清晰可辨。这痕迹并不是被摧毁的残垣断壁或者地面上整排沾满灰尘的子弹，而是时至今日，仍处处可见被地雷炸伤的残疾儿童，以及无奈地抱着初生的婴儿在马路中央乞讨的贫穷饥饿的蒙面妇女，无数人岌岌可危的命运。我忍不住想起初到伊朗的那天，直视逃离家园的阿富汗难民那灰色的眼睛。

就好像发生在昨天。中东的幕布又一次在脑海里打开。

我目睹过大自然的恒定久远以及这无常的人间，庆幸的是，多年后我仍然能透过生命的脆弱、局限和瑕疵，一遍一遍孜孜不倦地探索和印证爱与希望的存在。我知道，即便是在面临战争和饥荒的地方，那些坚忍生存的人们，同样对希望怀有本能的信仰。

这些文字，能够成为一本纸质的图书非常不易。市场严苛的检验令它的出版更像一次冒险。但我想，如果你愿意尝试打开它，或许会把它放在临睡的枕边偶尔读上一段。

在路途中遇见的亲爱的陌生人，无法在文中一一道尽，唯愿偶然忆起彼此，心有暖意，如在雪夜里捧起一碗滚热的茶汤。

这本书送给仍然相信爱的人，心若诚悦，便有良辰美景。

吴宜华
2013年7月25日于塔吉克斯坦

【战争之创】

1.战争之创

那一天,我又梦见大雨中的马苏雷。初夏,伊朗。

远山在浓雾里看不清,巷子里的灯陆续亮起来。天黑得太早,湿漉漉的石板地面光影迷离。蔬菜店子尚未打烊,三五个男人在屋檐下吸水烟,吐出一口轻烟缭绕许久都不散去。烙饼的老人手脚麻利地在案前揉面。打铁铺子里还燃着红红的炉火。仍是生机勃勃的市井景象,可是,一点儿声音都没有。

烙饼的老人

良辰美景,宛如初见

只有雨落下来的声音。

就这样在窗前看雨,高山上的小村子,我借宿于一栋朴素的民宅。

未完工的土坯建筑,一楼空置,没有灯,楼梯亦没有扶手。房东老太太领着我慢慢爬上二楼,这一小段需要在黑暗中试探摸索的通道,就像诡异的神话故事里到达另一个奇妙世界之前的混沌。二楼的房间里铺满图案繁复的波斯地毯,在昏暗的傍晚,隐约还能辨识出地毯中央巨大的花团,宝石的蓝色。

卸下背包,摘掉终日包裹的头巾,一头凌乱卷曲的长发倾泻而下。这样天生微卷的细软发质,彼此纠结,难以梳理,烦恼自知,像一团从未理清的爱情乱麻。

找出剪刀,没有镜子,就歪着头,一缕一缕地剪了,沙沙的声响。

我喜爱传统伊朗女人的装束,包头甚至蒙面。被藏匿起来的带有神秘感

高山上的小村子

【战争之创】

的美，需要更为独特的气质来建立辨识度。

我甚至将自己包裹得比当地女性更为严密，避免男人们有意无意的对视和触碰。只要我不开口说话，便能轻易混入当地人群之中。德黑兰的年轻姑娘们，将发髻高高挽起，随意在头上搭一片轻薄鲜艳的头巾，走路时头巾轻盈拂动，风姿万千，连我都看呆了。原本用以禁锢女性形态貌相的装束，逐渐被年轻爱美的姑娘们演变成一种装饰。这或许是一种微小的革新征兆。

曾经无数次梦见纱巾裹面，脚步凌乱，走在阳光炽烈的异国街头。人群熙攘，摩肩接踵，心却踽踽独行，如穿行大漠。

梦境、记忆和幻觉以及我们正走在当下的路，终是有着微妙的因果关系。

皮肤还带着从沙漠而来的细尘和干燥，这突如其来的大雨是那样的不真实，就像看了一场下雨的电影，镜头中的一切并未与我发生实际的联系。灯光下，灰白色木头窗台上正盛开艳粉的伊朗玫瑰，波斯菊被雨淋折了花瓣，楚楚动人。一只玳瑁纹的小猫在雨篷下躲雨，听到开窗的声音，并不惊慌，一跃跳进室内。

这时，我看见雨里的顾。

我们各自从南至北穿越伊朗炽热的沙漠，在北部的小山村再度不期而遇。我们在长途旅行，这一站是伊朗。

我叫他，顾，抬头看，是我。

然后，听见他几乎冲上楼梯的声音。他说，你把头发剪了。

嗯，就在刚才。

第一次相遇，在伊朗南部城市设拉子，二十天前。

那天清晨去警察局延签签证，长长的队伍已经排满一条街区。那么多的老人妇女和残疾人，从他们的长相辨认，可能是来自阿富汗的难民。他们的脸，在漫长岁月的等待中，沟壑分明，犹如雕塑。焦虑、惊恐、期待、思念，日复一日化作空洞僵滞的眼神。在烈日下，缓慢前移，面无表情。

队伍前面的难民，手里捏着一些证明文件，小心地试探。

　　我看见一个拄着拐杖的老人,一动也不动,好像站成了一尊化石。他的请求似乎未被受理,但他并不走,只是站着,嘴唇紧闭。目光落在我身上,直直地看过来,就像在发呆。我尴尬地对他微笑。

　　忽然,他的拐杖落地,身体径直向后倒下,后脑猛烈碰撞桌角,再重重地落地。我的微笑一下子僵住,声音堵在嗓子眼儿发不出来。

　　鲜血从他脑后汩汩流出。有人蹲下用手帕帮他捂住伤口,手帕一下便湿透了。他始终睁着混浊的眼睛,望向我们,或者望向黑暗的深渊,没有痛苦的挣扎和悲伤的眼泪,只是身体发出条件反射的抽搐。

　　他们摸遍他身上的每一个口袋,摊开手说,没钱。

　　没有人叫救护车,甚至没有被围观,队伍短暂地松散又整齐地排列好。

　　我低声说,送医院吧,送医院好吗?没有人回应。他没钱,没有人认识他,大家在排队办理更为重要的事情,顾不上他。也许,根本没人听懂我在说什么。

　　托着老人的头帮他捂住伤口的男人,与我对望一下,无奈地将他的头轻轻放在地面上。他浅灰色的眼睛只那样忧伤地看我一眼,我便明白自己的焦急和央求以及心底对麻木人群的抱怨是多么的可笑,我凭什么站在道德的高处要求这些逃离祖国的难民去做一件超出他们经济和能力范围的救助?他们的口袋,也许一样,空空如也;他们可能也曾在战争与饥饿中痛失过家人,像此刻一样,无能为力;他们耗费数小时争取到这庞大队伍中的一席之地,缓慢移动的队伍或许正通向一次命运的小转折。

　　我怀揣着花花绿绿的美金,却一再挪动脚步退后避开地上的鲜血。天性中对伤亡的恐惧,以及所受教育对麻烦事的逃避,我顶着一张惊慌伪善的脸,却无动于衷。我到达这个完全陌生的国家仅仅一天,一无所知。也许他正在等待一个延期留下的合法签章,他是谁?他来自哪里?他等了多久?他有多老?

　　这里不是我的祖国,宗教与政治广受外界争议。不要参与到敏感事件当中去,是一个游客应该持有的正确态度。我在心里咒骂自己可恶的冷漠的价

【战争之创】

值观,但真切地知道,是的,我不能为他做任何事。

他渐渐停止抽搐。几只苍蝇飞了过来。

我捂着脸,忽然哭起来。那是我第一次亲眼目睹死亡的过程。它那么的迅速有力,像大自然一样高贵神秘。我看见水泥地上失血的青灰色脸,上衣口袋被翻转出来,烈日烘烤鲜血,苍蝇在上面打转,那只是一瞬间的事。

几个便衣带走我,你看到了什么?就在刚才,你看到了什么!

Nothing.Nothing.

又问了许多的问题,回答语无伦次,有时一个英文单词怎么也想不起来,索性就沉默。

走出警察局,烈日如刀一般劈头盖脸划下来,腿一软,就倒下了。有人扶住我,他说我送你回旅馆。讲的是中文,他是顾。

我并未看清他的脸,埋在他肩上哭了一阵。他说,我也看到了。

"死亡"这个词,我写过很多次,以为自己并不惧怕。五年前,一个说爱我的男人身故。殡仪馆外面,漫天都是飞舞的纸钱。我在人群中抬头望向淡青色的天,一滴眼泪都没有。可我忍不住想象睡梦中的他正被推向熊熊大火,火苗蹿起来,滚烫地灼伤他的皮肤。想到这里,我的皮肤就火辣地疼痛起来,这疼痛实在太具体,如身处炼狱。我是那样的害怕死亡。

顾说,战争最触动我的,恐怕不是前线的滚滚硝烟和战场上的伤亡数字,而是浩劫后的人,他们眼里的绝望。不不,也许连绝望都少了,只剩空洞。

2.陌生人的归属感

顾令我有归属感。这种归属感似一种淡淡的革命同志情结,乱世里独有的。谁也不问来历,却彼此交付信任。

我们并未结伴,可是一再相遇。在亚兹德小旅馆的多人间里,在伊斯法罕的 Iman 广场上,在 Abyaneh 古村落里。有时微笑打个招呼就再次错过,有时一起生活好几天。

一天,他给我看相机里的照片,黑暗的背景,手电筒的光束笨拙地在空中写下我的名字,安妮。像极了爱情电影里,他们用相机拍下烟火燃烧的轨迹。在物质匮乏的旅途中,浪漫而珍贵。并且,未带任何表白与期待。干净清透,如月下莲花,只是喜悦。

雨小了,我们去买菜。马苏雷的房屋,建于半山腰,重叠错落。层层盘旋的路面便是下一层的屋顶。拾级而上,人字拖啪啪地溅起积水。

友好的伊朗家庭邀请我们一起合影,闪光灯一亮,我们全都闭了眼睛。女主人开心地送给我们当天采摘的番茄和一小袋深红色的樱桃。卖羊肉汤的铺子,锅盖一揭开,蒸气滚滚肉香四溢。烙饼的大爷面前,大饼已经堆了一尺多高,这是伊朗人的主

做了简单的素食

6

【陌生人
　　的归属感】

食,大饼卷着蔬菜豆子肉类或蘸着汤汁吃,慢慢就习惯了这样的吃法和味道。

在窄窄的雨巷里逛着这些小铺子,平凡质朴的生活原貌。有时走着走着,侧过头去看顾,他双手提着鸡蛋蔬菜和大饼,头发微乱,衣服肩膀上有深色的雨渍,裤脚高低不同地卷起一截。眼睛里有着一种莫名的甘愿和喜悦,居家的,安定的。

此时,我们已各自坚定地走过千山万水,不知疲倦不知归期地向前旅行。也许有一天回到城市里获取和维持一份稳妥的工作与婚姻,也许便如此生活在路上。或者两者能够并存,虽然安全和自由总是难以兼顾。是的,旅行令人欲罢不能,就像炽热缠绵的爱情,飞蛾扑火亦无可厚非。我从来不问旅途中的任何人,为什么旅行。这是一个难以描述其意义的行为,之于我,它没有梦想的光环,不是逃避的路径,亦无猎奇的吸引,它只是糅合在血液里随之新陈代谢一再复苏的细菌,一遍一遍流经身体的每一寸血管,成为生活的一部分。可我知道,我最终将在责任、义务、理想、谋生方式、家庭和社会关系之间做出艰难的取舍和退让,寻找到其中的平衡点,从而做出生命中重要的选择。让旅行成为一件充满勇气与乐趣的事情,而不是盲从和莽撞。

我长时间走路、写作,有时工作,获得不算丰厚的劳动报酬,维持简单的旅行和回归后的日常开支,对物质的需求逐日减少,鲜少依赖身外物建立自信与得到喜悦,不为旅行寻找堂皇的理由。走在路上,如同阅读一本好书,字词隽永,彼此相映,身心自在,甚至无须与人相诉。

做了简单的素食,把桌布铺在地毯上,盘腿而坐。顾凑近我,轻轻开启合并的手掌。他说,送给你的。一只小小的萤火虫轻快地飞出,尾部发出神秘微弱的黄绿色光芒,在空中慢慢盘旋。

刚睡醒的猫跳起来,试图捕捉它。

仰起头看,那一刻仿佛突然时光回转:赤足走在长江边的孩子,看见草丛里星星点点,他第一次知道有一种虫子可以发光,这是世界上最神奇的事物。那时候他那么的年轻活力,他自制万花筒,雕刻木头玩具,划独木舟带

她去长江支流的中心,给她讲各种战争和鬼怪的故事还有他小时候的事,把萤火虫收集在玻璃瓶中送给她。

我想带着他一起旅行,我的爸爸。

我自小陪他饮酒。家里只有他一个男人,喝酒难免寂寞。他每天晚餐都要喝白酒,但极为节制,从不贪杯,不因饮酒而宣泄情绪。我陪他喝,他也不阻拦。我现在的酒量不算太好,但总想喝上一小杯。冬天用以暖身。

伊朗没有酒喝。

在后来的旅途中,土耳其爱琴海畔,我曾遇到一个温馨的伊朗家庭,三代人一起去度假。男主人邀我共进晚餐,开了一瓶棕色的药酒。八个人当中,只有我陪他喝,一杯又一杯。那酒的度数并不高,我喝完后自己倒满,家族中的女性唏嘘不已。他先醉了,说话缓慢含糊又重复。他拍着我的背喃喃自语,大家都很尴尬。我突然听清楚他一直重复的是"你是我的女儿,你就是我的女儿……",我一下子就不行了,趴在餐桌上呜呜地哭起来,借着酒劲儿,顾不得矜持。

并没有醉意,但酒精的好处在于,偶尔轻微的失礼、越界、反常都可以被合理地解释,被宽容地原谅。

女主人慌忙回屋拿出一大罐手工酸奶,挖出一大勺,喂给我吃。他们忧郁地说,你醉了。

男主人酒兴正浓,开始自责不该让我饮酒。我脸上挂着泪,扑哧一声笑出来。你知道吗?我从小便与爸爸对饮,这在伊朗很难被理解吧。

那时候,我的膝盖上是伊朗爸爸亲手包扎的纱布。我在寻找旅馆的路上惨烈地摔倒,背包太沉,挣扎许久竟难以起身。伤口里都是细沙子,鲜血顺着小腿往下流,我拖着受伤的腿经过旅馆的小花园,经过他们的餐桌。他停下吃饭,敲我的房门,手里拿着酒精和纱布。

他一边用酒精清理肉里的沙子,一边用嘴吹着我的伤口。"忍一忍,一下就好。"他说。

陌生人
的归属感

我看着他为我做着这一切,他的头发有些灰白,动作很轻。我的眼泪大滴大滴掉下来。他抬头问,是不是很疼?

不是因为疼,不是的。我摇着头,要怎么跟他说,因为你让我想起了爸爸。我离家早,跟爸爸说话越来越少,他甚至不知道这些年我混迹何方。有时候在国外给他电话报平安,他也不问我在哪里。他对我的要求降低到最基本——活着便好。他越对我放手,我便越内疚,他是因为对我的生活感到失望而不想去了解更多。

如果将来有一天,他肯跟我一起旅行,我们爷儿俩每天会在金色的落日下,干上两杯辛辣的好酒。我会告诉他这些年来我的旅程,甚至忘记了所有的辛苦与忧伤。尽管显得不尽如人意、不计前程,好在身体健康,内心愉悦。他一生为工作四处迁徙,无暇看风景,但归根结底,我们所追寻的,皆为自在,实现身体或者精神的温饱。

我想带他去向遥远的地方,气定神闲地看一看外面的世界。他已经可以卸下繁重的生活负担,却仍旧生活在对未来的不确定和对我的担忧之中。那一代人,活得太忘我。我期待有一天,但愿那时他尚未苍老疲倦,在某个普通的清晨,递给我头盔说,来吧,我们骑摩托车出去转转,这次走得更远点儿。

这位伊朗爸爸在日后的几天里,每日早晚替我换药。我像这个大家庭中的一员,与他们朝夕相处。分别那日,我从新闻中得知伊朗大不里士发生地震,那里是他们的家乡,他们在土耳其度假,也许浑然不知。他们的亲人在家乡可安好?我几次欲言又止,不敢说出地震的消息。终于试探着问他们可曾打过电话回伊朗,听说早上还跟伊朗家人通过话,我的心才放下来。

他给两个女儿准备礼物,很用心地为我也买了一份——刻上名字的项链。海蒂斯、阿特菲,这是你的,安妮。

中午他们坐车离开时,我正躲在爱琴海边,为了回避分离的场景。我揭开膝盖上的纱布让伤口暴露在阳光下,希望日晒可以令它结痂。我要继续前行,腿必须尽早康复。他还是从计程车里看到我,叫司机停下,从打开的车

窗里伸出双手，紧紧握住我的手。宽厚有力，父亲的力量。

如果一个陌生人令你觉得亲切，那就是一种奇妙的归属感，在彼此身上得到一种身份的认同。所有的联结，都是因果。

3.一次别离

我跟顾,大部分时间并不多话。简单的默契,彼此明了。一生中能够喜悦相对的朋友不会太多。我心中最理想的伴侣关系不过如此。

清晨雨停,满眼苍翠,空气里是淡淡的泥土与青草芳香。

顾已不在房间。这一次,不是早起拍日出,他走了。没有告别。小猫还在脚边熟睡,蜷成一团。

他留下两张照片,一张樱花,一张红叶。

在我的背包上贴了纸条:"我几乎爱上你,可是在路上,一转身,便各自天涯。"后面留下了他的 Email 地址。

我把照片夹进书里做书签。纸条撕下来,想了想留下无用,顺手贴在了窗子上。

这时候,猛然想起昨夜的梦。缅甸,柚木乌本桥,日落已尽,天边尚有一丝嫣红,跟顾并肩在桥上走,古旧的木板吱吱呀呀。红衣的僧侣迎面走来,顾把我交予和尚,一言不发,转身离开。梦中并不惊慌,好像原本就在履行某种使命,接受到来的一切。只是天亮回想起来,心有不平,他在梦里梦外都用了沉默离去的方式。

夏日里马苏雷的夜也有一种初秋的凉意。

昨夜窗外,灯火稀疏,树影影绰绰,烟雨蒙蒙。在一盏光线微弱的白炽灯泡下,我写完一个关于两小无猜的故事的结局。她在大雪的冬季回到故乡,站在红砖的旧宅前与男子告别,无人的老街种植笔直的水杉,雪无声落下。他叫她的乳名,把她裹进大衣里。她把脸贴在他的心口说,我隐约感到,会在一个远离文明的遥远地方停下来,那里气候炎热,没有冬季,它在浑浊如

谜的人寰中给我方向的牵引。我只是回来与你告别,任何发生都不是偶然,总有一天会获得解释。

　　写完结尾,不觉泪流满面。人是否都具有可怕的多面性?我只能在文字里倾注单纯与专注的珍贵情感,怜悯与承担,笃定与永恒,而面对现实的情感与欲望,却是迟钝疑惑的。至今我仍不能十分确认爱的含义与形式,是白首不相离?是愿为伊人故?我努力把抽象的东西具体化,爱是什么味道,什么颜色,什么温度?是否比早餐的蓝莓果酱更加甜美叫人念念不忘?那些把爱挂在嘴边的人,谁又能解释清楚?说出去的"爱"字,就像吐出一个烟圈,几秒钟就散了。

　　顾显然有些无措,很多时候,他显得孤僻和沉默。为了打破沉寂轻轻地揽了一下我的肩,他说,来看看我拍的马苏雷的夜。

　　凑近相机翻看照片,夜色里的灯光妩媚动人,蔷薇花瓣薄如蝉翼,雨巷深邃悠长空无一人。我爱马苏雷的静谧,像一支森林月光下的小夜曲。一抬头,与顾四目相对,仿佛一刹千年,也许在那时空里,最适合发生一个温柔缱绻的轻吻,可我们各自目光躲闪,为内心短暂的凌乱寻找了一个平淡的话题。

　　夜深,在地毯上合衣躺下,一夜无话。

　　我在马苏雷走了大半天,从山脚到山顶,下来,再上去,不停地走。依赖身体的忙碌来实现无暇思考,或以暴饮暴食来对抗脑力活动,这是自欺欺人却行之有效的办法。

　　浑浑噩噩地过一生最为妥当,苦的时候遗忘,痛的时候麻木,快乐时跳舞,欢喜时相爱。我知道的。

　　我仍以赤子之心等待,带着诗意的爱情。喜悦、娇羞、含蓄、芳香。洁白柔软,好像初夏的茉莉。可,谁知道呢,那么多人张开双臂迎接的,不过是一段被欲望填充的乏味婚姻。还是倔强地等。

　　一个人坐车返回德黑兰,小旅馆里满满的韩国人、日本人。

　　有一个日本女孩子长得非常好看,长长的直发,皮肤极白,嘴唇涂成鲜

【一次别离】

红色，总是一个人站在天井那里抽烟，手指纤长。她有时用手掌捧着阳光，认真地发呆，看上去诡异极了。就像是，不在人间。

韩国男孩木山，还没走，他究竟住了多久？依旧窝在床上看电影，发出咻咻的笑声。他是个德黑兰万事通，酷爱手绘地图。哪里能买到韩国泡面和日本酱油，哪里的鲜榨果汁最便宜，哪家餐厅斋月白天仍然营业，了如指掌。

新来的韩国老爹带着十几岁的儿子，他们在长途旅行，从南非一直走到了伊朗。有时候觉得他们不是父子，在中国，几乎没有这样的父子。

我对这位老爹说，你是个好父亲。

他耸耸肩，微笑道，全世界都这样说，除了我自己的儿子。

那年轻的男孩子羞涩地低下头，他看上去干净健康，浑身洒满阳光，蓬勃的青春就像盛夏枝头上的绿色果实。也许他曾经对父亲叛逆或不解，但是此刻他扬起嘴角，对老爹说，全世界都认为你是个好父亲，也包括我。

老爹在儿子的肩上轻轻捶了一拳，这是男人之间情感的表达。这一拳饱含了父亲的无限怜爱和欣慰，胜过任何语言、拥抱和眼泪。倒是旁观的我，忍不住鼻子酸楚起来。回想起自己曾被父母当成男孩子一般养大，什么时候开始从彼此理解到无话可说了，我竟然完全疏忽了这个变化的过程。对情感的认知，我是那样的迟钝。

他们买到一种好喝的果汁，两人同喝一杯，正巧看到我，便把杯子递过来。我直接用他们的吸管喝上一大口，三个人就傻傻地笑了，也不知道哪儿来的快乐。

旅馆前台总是围着几个人抽水烟和下国际象棋，经过时，他们也会把烟嘴递过来，我有时抽上一口，苹果味儿的。

还有一个伊朗男人告诉我他娶了一个中国太太，我不信，他便翻出手机照片给我看。是的，与一个中国姑娘的婚纱照。可是照片再翻下去，出现几张外籍妓女的脱衣照。我若无其事地把手机还给他，这是性暗示吗？伊朗男人是有多么性压抑呢？不能发生婚前性行为，街上的姑娘全都包着头，很多

良辰美景，宛如初见

旅馆前台总是围着几个人抽水烟和下国际象棋

黑袍子从头到脚包得严实，只露出眼睛。情侣不可以在公共场合亲热，甚至牵手都不行。严格的伊斯兰教义下成长的伊朗男人，手机里却存着大量女性裸照——跟婚纱照保存在一起。

我想起曾经在卡尚住进一个当地家庭中，晚上男主人打开电视机，手握遥控器快速换台，新闻电影综艺全都没有兴趣，节目切换了两圈，才锁定一个购物频道。电视屏幕上重复滚动播放的是一个内衣秀，身材火爆的洋妞扭动腰肢，双手抚摸丰满的胸部，眼神迷离，红唇撩人，以此展示性感无比的塑身内衣。反反复复，总不见结束。模特的表现力极为强烈，像一团热辣得快要燃烧起来的小野兽。男主人盯着屏幕如痴如醉。我对广告本身没有异议，可是显然，他把它当成了性爱影片的替代品，被内衣包裹下的身体挑逗得饥渴难耐。生理的欲求被压抑到只能通过一个内衣广告获得安慰。赤裸的性索然无味。

在旅馆里，大家排队洗漱，天台上晾满衣物，挤在前台巴掌大的地方上网，每个人都被沙发里的猫挠过，斋月里经常自己动手做饭，我早已忘了这是在旅行，这分明是，生活。

德黑兰市中心的交通极为疯狂，想要在没有红绿灯的路口穿越马路，我只能硬着头皮不管不顾。第一次过马路，试探了好几次，所有车辆都不减速，摩托车和破旧的老爷车咆哮着径直逼近，我吓得连

德黑兰市中心的交通极为疯狂

【一次别离】

忙退后。旅馆老板走过来,一手提着我的胳膊,一手向飞奔的车辆示意,快速将我拎到街对面去。那些车就在距离不足一米远的地方,吱的一声停住,司机把头伸出来,哈哈大笑。

因此我知道他们的车技一流,车况良好。在之后的日子,索性像鱼一样穿行在德黑兰拥挤嘈杂的车流里,在刺耳的刹车声中,淡定地穿过马路。

我对混乱的城市有着莫名的好感,时常想念印度那些迷宫般的小巷。在那里,牛高高地站在垃圾堆上寻觅食物,有一次我亲眼看见一只牛吃下一支完整的长柄扫把。男人们在闹市区背过身去对着墙小便。路边有人叫卖加了豆蔻的奶茶,杯沿上站着苍蝇,我一饮而尽。混乱就像一片浑浊的海洋,如若深潜其中,便易忘了自身的存在。不再关注自身,自然地接受各种事物,那些自以为美好的、邪恶的、喜爱的、厌憎地、在乎的、不屑的,最终都因存在而合理,你会发现它们本身带着某种不受干预的秩序,就像季节的更替、月亮的圆缺、耕种的时节,一一到来,身体仿佛在混乱中与自然契合。

一只牛正吃着一个长柄扫把

4.没有恰如其分的暧昧

　　Mashhad Hotel价格低廉，几乎是背包客的首选。提供免费的厨房，免费的网络，窗外便是华丽的清真寺，十五分钟即可走到德黑兰大巴扎，地铁和公交站近在咫尺，进入旅馆后无人严格监督女性是否佩戴头巾。重要的是，可以在天台上随意晾晒女性衣物，比起在伊朗住过的其他旅馆，这里显得更为轻松。我只有两三套衣服，在炎热的中东，及时洗晒一直是个问题。

　　想起初到伊朗时，住在设拉子的小旅馆里，四处查看，未见任何人晾衣服。我太想洗衣服了，几乎无法忍受衣服上被阳光烤干的汗渍。于是我问房间里的日本男人，他恰好也在思考这个问题。

　　我们在深夜拿着电筒爬上天台，寻觅了一个角落，拴上绳子。他非常细心地将绳子绑成三角形，解释说："你是女人，你的衣服晾在里面那条绳子上，我的晾在外面这两条上，刚好帮你遮住，我不确定你的衣服可以晾在公众场合。"细致周全的日本男人，他叫平尾智亮。天一亮，他便跑上天台帮我把衣服收回来。这种细小的动作，最让我无法招架。

　　亚兹德一别，已有数日，在那之后每次趁夜色晾衣服时，我都会想起他。

　　与路上大多数日本男人的沉默内敛不同，他喜欢交谈，酷爱学习中文，对中国的一切充满好奇，问题多得像记者一样，得到答案后会立即用笔详细记录。我们在伊朗同行几日。

　　他背包旅行近二十年，其中七次前往中国，喜欢中国文化和中国姑娘。他认真地问，我已经在日本买了房子，这样可以娶到中国老婆了吗？他当真研究过中国国情，深知大多数传统中国人的婚姻先决条件以及房子对于中国百姓的重要性。我虽笑着鼓励他加油，心里却有一丝悲哀。我是否可以理解，

没有恰如其分的暧昧

在他眼中的中国姑娘,爱情和婚姻通常与物质条件紧紧捆绑,房子才是娶中国妻子的基本前提?

原本在中国城市生活中普遍存在的看似顺理成章的观念,令我笑容僵滞羞愧尴尬。毫无疑问,我也曾经,并且还将为生活营营役役,交换更为优渥的生存条件,尚无资格与世俗的需求撇清关系。但爱情,怎么会这么重?

有时我们因为某个敏感话题而争执,中国人与日本人恐怕难以就个别问题达成共识。争吵过后,他为言行而道歉,但从不动摇观念。我们不能互相说服,和解的方式只有不再触碰争议。

自从他帮我在设拉子的旅馆天台上晾了衣服后,我们的关系似乎特别亲近。我在公共浴室洗头,他在门口守候,小声说,外面没人,快出来吧。于是我顶着湿漉漉的头发,没法包头巾,在他的掩护下快速躲进房间。我们分食一份套餐,晚上在多人间里各自讲白天的趣闻。他的手掌里不小心扎进细刺,我捏着他的手,用针尖划破他的皮肤挑刺。他认为这场面温馨极了,可我已经吓得手软。坐长途汽车时,他拍着自己的肩说,来,靠在这里睡会儿吧。真诚温柔的样子,我只觉得有趣,并不会真的靠过去。

可是,旅途中所有的暧昧都是过度的。

在亚兹德的多人间里,只有我和他。我趴在床上看书,他在收拾东西。突然不知道怎么了,他赤脚走过来,跪在我的床沿上,从身后环抱住我,刚剃过胡须的下巴触到我的脖子。我大叫一声从床上弹起来,这猝不及防的意外令我紧张,指着他质问,你要做什么?你疯了吗?他却一副无辜的表情,赤着脚沉默地回到自己床上。

大家都说容易被中东男人骚扰,我在伊朗第一次被骚扰竟然来自一个日本人。我还在心里替他辩解了一下,不应该啊,他不应该是这样的人啊。是否因为我不自觉地给出了模糊的暗示,传递出喜爱或者可以靠近与侵犯的讯息?两性关系之间的亲密程度,都要经由身体的接触来相互确认?不不,我并不想与他开展一夜情或者恋爱。我很清楚,我不爱他,不可能将身体交付,

即使一个拥抱也会紧张防御。这拥抱显然包含了对肉体界限的试探。

暧昧怎会恰如其分呢?旅途中短暂的陪伴与关照,之所以显得格外珍贵,是因为我们经历过独自一人的孤寂,为人海茫茫中的偶然相遇赋予了更多意义,以此滋生灌溉脆弱得经不起推敲的情感。暧昧本身已经越界,若非小心翼翼,难免触碰到对方底线,幻象戛然而止。

我无法与他对话,第二天甚至没有正式告别。他默默地倚着旅馆的大门送我,我没回头。

平尾智亮回到日本后,写了一封长信给我。他说,发生在亚兹德的那个拥抱,我很抱歉。我并非想要轻薄你,在我的观念中,认为拥抱不仅仅发生在恋人之间,我以为你跟日本姑娘一样。你了解外面的世界,因此我误会你能够接受这个拥抱。总之,非常非常抱歉,希望我们还是朋友。

我已经不再生气。无疑我并不讨厌他,在一起时甚至可以恣意地欺负他。"平尾智亮,我要喝水。""嗨!马上!"

虽然那个拥抱,我不认可仅仅出于朋友间的亲密,因为它发生得太突然,没有征兆,但是他的道歉我接受。

我回信给他:"平尾智亮,你说过如果我去日本,你会亲自做料理给我吃,还记得吗?"我原谅了他。

也曾遇到过少数年轻的男孩子,在短暂的旅途相伴中,出言不逊,行为失礼,幼稚冷漠,玩转利益关系。一转身便又嬉皮笑脸,并不会意识到自身表现不妥。宁可永不相见,也不会因自省而正式道歉。在他们看来,萍水相逢,不必长久,无须珍惜。反正互不相识,随时可以再无交集。

平尾智亮经常写信给我,开头用中文写我的名字,信中介绍日本的风景、食物和茶,询问我身在何处。英文中夹杂日文和中文。我在路上简短回信,附上一张当时的照片。在信中跟随彼此去更多的地方。

如此便很好。

【走进
传统的伊朗家庭】

5.走进传统的伊朗家庭

在德黑兰拿到亚美尼亚的签证后,坐当天的夜车到乌鲁米耶。清晨六点,当地一个家庭来车站接我。爸爸妈妈和两个女儿,很温馨,总是微笑,几乎从不大声说话。他们说波斯语和土耳其语,只有大女儿麦丽亚会少许英文,少到难以交流。

我们在设拉子的旅馆认识,两个小姑娘在庭院里羞怯地请求与我合影。麦丽亚说她家住在乌鲁米耶,并在我的记事本上写下波斯语地址,请我去他们家中做客。在那个镶着彩色玻璃神秘得如同一千零一夜故事场景的院子里,她们就像从神话里跳出来的小仙女,牵着我的手,快乐得好像在云端转圈舞蹈。

我答应她们一定会去。这是郑重的承诺。

这是一个传统殷实的伊朗家庭,宽敞的独栋两层楼的房子,每个房间都

传统殷实的伊朗家庭

铺着昂贵的手工羊毛地毯,客厅放着时尚的平板电视,厨房里现代设施一应俱全,有自己的轿车。

母亲法特梅是虔诚的伊斯兰教徒,严格遵守斋月规定,白天绝对不进食,甚至不饮水。每天五次朝向麦加的方向,铺开一块方巾,跪拜祈祷。但她给孩子们和我做饭,番茄土豆鸡肉和米饭,这是我在伊朗第一次吃到米饭,十分美味,饭量猛增。

家里女人们的着装都非常谨慎,即使夏季也需要在外面多穿一件厚厚的夹层风衣,长度盖臀。去楼顶晾衣服,也必须穿戴整齐,包好头巾。我晾好的衣服,又被她们悄悄移至角落隐蔽之处。哦,女人的物件,在家里也不可以光明正大地晾晒。

我在这个伊朗家庭中被视为重要的客人,经历了一轮又一轮亲戚们的好奇参观。大家坐满客厅的沙发,挤在一起合影。他们热闹地跟我牵着手说波斯语,完全不管我是否能听懂,好像这并不重要。是的,并不重要。

给我看家庭相册,很多张全家福。"我们每年至少要拍一次全家福。"麦丽亚说。相册里还有保存完好的古老的黑白照片,麦丽亚一一向我介绍照片上的身份。外公、外婆、舅舅、表姐妹们,母亲家族的照片更多一些。她父亲沉默寡言,自身也不爱拍照,只是出现在全家福中。麦丽亚的妹妹只有五岁左右,不会讲英文,但总是围绕在我们身边,看见照片中婴儿时期的自己,就害羞地傻笑,露出一口残缺不齐的小牙齿。我逗她取乐,她便一头扎进我的怀里,痴痴大笑不止。每当这时,她妈妈总要把她拽走,训斥几句,再向我道歉。他们始终保持着对客人的礼节。

看完照片,麦丽亚的爸爸忽然开口对我说:"那么让我们看看你的家庭照片吧。"他讲话的样子很平和,但能感受到一家之主的威严,孩子们都不敢与他过分取闹。

"我……我没有带照片出来,都在家里放着。"我老实回答。可我一点儿也不喜欢这个答案。独自旅行在他们看来已经很难理解,我身上再没有一

【走进传统的伊朗家庭】

张家庭照片,难免令人觉得薄情和孤寡。中国人也许没有习惯随身携带家庭合影旅行,但我多次看到外国人在谈到他们的家庭时,随时可以拿出照片来。曾在我家借住的法国夫妻,把亲人的照片和婚礼的照片打印制作成一本小册子,几乎每天都装在口袋里,与人分享时幸福喜悦。最常见的方式是把照片夹在钱包里,还曾遇到一个日本男人,把妻儿的相片夹在项链中贴身携带。他们都不吝啬让人分享他们的家庭画面。

就在麦丽亚的爸爸表示疑惑和遗憾时,我突然想起背包里有一面小镜子,镜子背面是姐姐的婚纱照。于是我倒出背包里的杂物,找出镜子,递给他看。

"这是我姐姐结婚时拍的。"我说。

全家人围在一起看那个小镜子,发出惊呼:"哦,姐姐比较美丽呢!"

我这才意识到,一张亲人的照片终于证明了自己是个来路正常的有家庭温暖的好姑娘。

麦丽亚不允许我离开她的视线单独活动,她和表姐要去暑期兴趣班上课,一定也要将我带去学校。

我在教室外等得实在无聊,便去外面校园里逛逛,几分钟光景,麦丽亚就追了出来,担心得脸色发白。她不了解我已经独自走了许多国家,离开她一会儿并不会有什么危险。我解释她也听不进去,就一直死死拽住我的手,将我拖进了教室里。老师指了一个空椅子,我就莫名其妙地坐下来。

这教室就像我的噩梦,一群初中女学生,正在用波斯语学习生物,我一句也听不懂。我看课程表里曾有过一节急救常识课,如何做人工呼吸,如何在地震火灾现场自救等,很感兴趣,还有美术课或者英语课也不错,偏偏这一节课是生物。

我傻傻地坐在教室里,窗外的阳光正好打在脸上,非常刺眼,真想埋在课桌上睡一觉。可我不能睡,因为我的存在,班上的女学生都无心听课,大家不停地扭头看我,窃窃私语。麦丽亚俨然把我当成了她的私人财产,我这个东亚面孔的女人,令她的社交圈子与众不同。她还是个小女孩,本性热情

开朗,所能接触的外国人也不多,对我格外重视。我觉得困扰,一点儿也不想上这堂乏味又完全听不懂的生物课。我想去乌鲁米耶博物馆,昨天去的时候闭馆,馆长专程送我一堆资料,并约定今天等我。博物馆就在学校附近,我可以自己走过去。天啊,我为什么要在这里上课?

跟麦丽亚是没法讲明白了。又不能突然起立冲出教室,她一定会追上来。我对台上年轻的女老师抱歉极了,尽管她绘声绘色,仍无法把孩子们的注意力从我身上转移。

好不容易挨到下课,麦丽亚心满意足,算是正式让老师和同学们知道她有一个中国朋友了。她还有一个女同学不敢跟我说话,于是委托她母亲给我一张小纸条,上面写着电话号码和邮箱地址,她妈妈问我,可否跟她女儿交朋友。我笑着把纸条收下,麦丽亚却有些不快,一直是她在翻译,显得很不耐烦。等同学的母亲走后,麦丽亚问我是否会打电话或写信给她的同学。我说不知道,她便把纸条拿走,撕成小碎片。

唉,小女孩的占有欲。真不知该感动还是生气。

昨天麦丽亚陪我去土耳其领事馆签证,因为找不到具体地址,路上有一个会讲英文的年轻男人热情带路。随后这个年轻人也在纸条上写下他的电话号码给我,告诉我如果在乌鲁米耶有什么困难可以找他。那张纸条的命运也是一样,被麦丽亚撕得粉碎。

麦丽亚大概十四岁,生活优越,家教良好,大部分时间温和有礼,可是也存在青春期孩子明显的攀比占有和任性叛逆。我那时大约也是这样,友谊受不了一丝威胁,那种不快乐,表现得直接而强烈。成长的每个时期,都会有自以为的天大的事。友谊、爱情、事业、婚姻、家庭、健康、自由……回过头来,有多少重要的事情被一笑了之轻轻放下。

我只能趁麦丽亚午睡时,一个人在小镇子里转转。那是一个非常富裕但极度保守的住宅区。几乎每个家庭都有独栋的石砌楼房。除了孩子跑出来围观,房子的大门都是紧闭的,巷子里很安静。我发现似乎每一个窗子和露台

【走进传统的伊朗家庭】

内,都有人默默注视着我。大多是女人,充满好奇却巧妙躲避,一旦抬头看她们,便迅速将自己藏起来。这里与德黑兰仿佛处于不同时代。

  孩子们好奇试探,起初远远躲在墙角看我,随后慢慢聚拢来。胆小一些的孩子躲在较大的孩子身后,探出脑袋,捂着嘴笑。一个孩子飞快地跑回家,拿出一盘水果,放在我身边,盘沿上架着水果刀。第二个孩子马上重复了这样的动作。一盘又一盘,来自不同家庭。桃子、苹果、梨、黄瓜和杏。还有人送来红茶和方糖。他们几乎都不懂英文只能微笑交流。我坐在一户人家的屋檐下,一群孩子围成圈看着我吃吃喝喝,感觉特别奇怪。没有一个家庭请我进去,只是不停地送出食物,直到实在吃不下,剩下的水果倒进背包里带走。我不能确认,那个午后,为什么会出现那样的情形。当地民风如此?或者我看上去太像一个穷困潦倒的外国流浪汉?

  麦丽亚家邻居有一个约三四岁的白胖小男孩,他每次看到我便会大声哭叫转身飞奔,找一个建筑物或大人的身后躲起来。他吓得脸通红,眼泪真的大滴往下掉。我试图朝他亲切的微

孩子跑出来围观

送水果给我的孩子

围观的孩子

笑，或送给他食物，但他总是不敢多看我一眼。起初几次我尴尬极了，不知道自己的长相或表情出了什么问题。后来我回忆起上世纪八十年代初期，我那时也不过这么大，在码头上玩耍，长江上的游轮靠岸，一群金发碧眼的欧美人朝我挥手，每个人都拿着鲜艳奇异的糖果送给我，胶卷相机举起来对着我咔咔咔地按。我当时吓坏了，四处躲藏，觉得他们长得实在奇怪，不敢多看，如同面对青面獠牙的鬼怪。乌鲁米耶的这个小镇子，可能鲜少外国人进入，这小男孩的心情恐怕与我第一次见到鬼佬时相似。再给他些时间，他会像其他更大点儿的孩子一样，慢慢认识我靠近我。

女主人法特梅只比我大几岁，典型的家庭主妇，所有的工作都是照顾先生和孩子。结婚和生育都很早，看上去不太年轻，更像上一代。她的样子总令我想起伊朗小说《灯，我来熄灭》中的主妇，三十几年的人生似乎不曾为自己活过。可是，价值观被家庭满满占据，对传统的伊朗女人来说，又未必不是一种幸福。

有一次我们一起逛市场，我大步在前面走，过了一会儿麦丽亚追上我说，慢一点儿，我妈妈快要饿晕了。她因为斋月白天不能进食。我回头看到法特梅脸色惨白浑身无力地瘫坐在台阶上。拿食物给她，她坚决不吃。伊朗的夏天干燥炎热，她连水也不肯喝一口。只能靠闭目养神慢慢恢复元气，又不肯耽误我的时间，一会儿便要起身陪我。我尊重不同的信仰，但问题是，斋月中的伊斯兰教徒是否还要从事体力工作，如果要，不进食，身体如何支撑呢？靠着虔诚信仰就能解决一切问题么？也许是吧。对我来说，还是太难理解。

法特梅不懂英文，话很少，活动范围大多在厨房内，做饭，洗碗，打扫，煮茶。晚上她终于忙完，我们在客厅的地毯上并排坐下，她拿出一本《古兰经》，牵着我的手，示意我跟着她念。我出于好奇和礼貌学习了一阵，但她并没有停下来的意思，越念越深情和投入，持续了很久。我连忙找出麦丽亚的波斯字典，翻出几个单词给她看，解释我并不是穆斯林。

她惊讶极了，大声叫刚洗完澡的麦丽亚过来翻译。麦丽亚说她妈妈把我

【走进传统的伊朗家庭】

当成了伊斯兰教徒,希望每一个人都信奉真主安拉。她对着一本波斯字典费劲地查找,想要向我解释清楚她妈妈的想法。

法特梅因为我不是穆斯林而感到悲伤,她无怨无悔地照顾我,可我竟然不是穆斯林。这些天,我在这里受到了极高的礼遇,他们不同意我睡地毯上,把麦丽亚的床让给了我;斋月里仍然变着花样给我做饭吃;每天都会去镇上买不同的甜点回来;我想去哪里看看时,他们总是全家行动起来,开车带我去,陪着我瞎逛;只要有他们在,绝不允许我花一分钱……我因为法特梅的悲伤而抱歉,一个人溜回房间里,默默地打包行李。这个善良的家庭妇女,在宗教问题上立场鲜明,虔诚有力。

"你准备去哪里?"麦丽亚靠在门边充满内疚地问我。

"大不里士。"

"是因为我妈妈吗?"

我停下手上的活儿,拉着她的手,一起坐在床沿上,温柔细心地对她说:"不是的,麦丽亚,我已经打扰你们好几天,我在旅行,不能总是留在这里。我明天去大不里士,从那里到亚美尼亚。"

麦丽亚一转身便去告诉了法特梅。

法特梅的弟弟在大不里士,是个工程师,英文流利,她专程打电话,让他跟我通话。她虽然遗憾我不是穆斯林,但在听说我将要去大不里士时,仍然热情地让她弟弟接待我。我感激不已,谢绝了她的好意,我只从大不里士陆路出境去亚美尼亚,并不打算停留。

临走前翻开大包寻找一些小东西想送给他们,可几乎全是私人旧物,只有一瓶新买的日本酱油和几包韩国泡面,于是试着送出。好在他们对此感到新奇,我查出波斯语的名称,告诉他们如何食用。虽然不贵重,但他们看上去很开心,我渐渐消除失礼的尴尬。下一次,我应该在背包里装一些来自中国的小纪念品。

麦丽亚把自己锁在房间里不肯出来送我,她对我的感情和控制,超出我

的想象。我始终无法忘记她的样子,似乎总在惊慌地寻找我,安妮,安妮,你在哪里。

在门口又遇见邻居家的胖男孩,这一次他没有躲闪,害羞地跟在我身后,在斜阳下目送我走到巷子的尽头。我最后一次回头看这金色的童话般的小镇,朝那些温暖人心的陌生人挥手告别,再次上路。

6.女性的头巾与法律

抵达大不里士时天已全黑,背着大包去找国际巴士售票处。寻了几遍未果,向路边停着的一辆轿车司机问路。他爽快地说,上车吧,我带你去。

他依稀记得大致方位,但车在一条街上开了几个来回也找不到准确位置,他几次亲自下车问路,才终于找到巴士公司。

小小的售票办公室里坐满了等待出发的旅客,我向工作人员询问去亚美尼亚首都埃里温的车票,被告知明天的票已经售空。"那么后天呢?之后几天呢?"我焦急地问。柜台后面消瘦的中年男人有些不耐烦,他翻了一下记事本,坚定地说:"一周内都没有票。"

我沮丧地走出售票办公室,看到刚才的轿车还没走,司机从窗子里探出头来,"现在你打算去哪里?"

"找一家旅馆住下来。"我说。

"上车吧。"

他在车上告诉我,居住在伊朗的亚美尼亚人数量众多,斋月里返回祖国的人比平日里更多,因此车票非常紧张。他知道我大概很难买到票,所以没有离开,停在路边等我。

他一直把我送到旅馆门口,我们握手再见。伊朗人的好,相信每一个来过伊朗的人都能说上二三事。他们大部分本性善良、热情、慷慨、诚信,只需与他们单纯交往不必特别花费心思,因为几乎没有复杂的伎俩和邪恶的动机等着你去费神破解。

记得在伊朗南部城市设拉子,旅馆里有一位老人,每天下午都在花园中弹琴,天气炎热,通常只有我一个听众。琴声悠扬,如诉如泣。曲罢他总要

设拉子旅馆里弹琴的老人

请我喝一壶红茶,玻璃杯里飘浮着几根藏红花,跟我聊起他年轻时的故事。只因对一支曲子的安静聆听,便被视若知音相待。晚上在旅馆用完自助餐,结账时服务生告知我不必为此付款,毫无疑问,我知道是谁的主意。

我对伊朗人始终有一种亲人似的感情,可是亲人也有严厉的时候,大不里士便给了我教训。

我在大不里士的一家小旅馆登记住下,一进门就感到这里的氛围怪怪的,具体又说不出来哪里有问题。每个人都很严肃,无论是工作人员还是客人,似乎都不爱说话,冲他们微笑打个招呼都显得不合时宜。旅馆小餐厅里总有几个男人围在一起聚精会神地看电视,只要我一走进去,他们便把注意力放在我身上,盯着我看上很久,从头到脚仔仔细细打量一番。我渐渐发现,除了我,旅馆里没有其他女人。在这种目光直视下,我经常会不由自主地慌忙整理一下头巾,把卷起的袖口拉下抚平,生怕自己有"不雅"之处。

旅馆的街对面有一个水烟馆,长条形的桌子围满了中老年伊朗男人,桌面上密密地摆放着两尺来高精美各异的水烟,小巧的玻璃杯里是清亮芳香的波斯红茶,室内烟雾缭绕,视线不清,好

旅馆对面的水烟馆

女性的头巾与法律

像一个热气腾腾的公共浴池。我在周围找了一圈都没有发现营业的餐厅,饥肠辘辘,路过烟馆,想到浴池这个比喻忍不住笑了。烟馆里有几个男人看见门口傻笑的姑娘,挥了挥手示意我进去喝一杯茶,有一个人甚至朝我挥舞起一张大饼。我正饿得厉害,刚想迈进这个"公共浴池",突然又觉得不妥,那里面显然是男人的世界。我身在相对保守的伊朗,这个时间几乎没有女性在街上行走,跻身于众男人之中接受注视不是个好主意,于是只能饿着肚子回旅馆睡觉。

大不里士给我的感受,不仅是买不到车票和找不到餐厅的沮丧,接下来还要面临一场监控和道德指责。在此之前,我一直以为自己做到了女性身份的节制。

在公共浴室排队洗完澡已经快夜里十二点钟,头发还滴着水,看样子院子里已经没有客人进出,于是我没有包头巾并且穿着齐膝的睡裙在房间门口的水池前洗衣服。侥幸认为洗衣服用不了多久,而且旅馆内有相对的私隐,院子里光线不好,这样的形象应该不会有问题。可是没过一会儿,旅馆老板急匆匆地跑过来,指着我的头发和裙子,叫道:"哦!你怎么可以这样!这里是伊朗,请你明白!请你自重!"他的样子可不是闹着玩儿的。

我马上道歉,请求他小声一点儿,他再这样大叫的话,恐怕会吵醒更多的男人前来指责我。我放下正洗着的衣服,跑回房间,在裙子里加了一条长裤,套了一件长袖外套。

出来继续洗衣服,可是不到一分钟,旅馆老板再次冲进院子里,他真的生气了,呜啦呜啦地用波斯语发泄着。我连忙低声解释,刚洗的头发还没干,过一会儿我一定包上头巾。他不由分说,呵斥道,"不,现在,马上!包上你的头巾或者回到你的房间不要再出来!"

我乖乖回房间在湿漉漉的头发上披了条头巾,我尊重他们的宗教文化习俗,尽管在心里认为它略显保守和教条,但从不觉得自己具备力量去挑战和争辩。我从另一个国家来到这里,不就是为了看看多元的世界么?一种状态,

如果能长时间存在,自有其合理性,至少一度处于平衡点上,最终无论是延续、改变或颠覆,亦具有事态合理发展的规则。因此我不能妄论这种衣着的形式化,我再次向他道歉。

他指了指走道和公共洗手台顶部的摄像头,余怒未消,他说,"我会一直监视你的行为。另外,随时会有警察来查看旅馆的视频录像,我们必须遵守法律,请你理解。"

提到法律,我不由联想到2006年,在大不里士,伊朗妇女阿什蒂亚尼因被指控通奸而获判鞭刑和石刑,又因英国媒体《泰晤士报》误登了一张她未戴头巾的照片而再次遭到九十九次鞭答的新惩罚。石刑是指将人下半身埋进土里,施刑者向受刑者反复扔石块至死,石块经过专门挑选,以保证受刑者痛苦死去。此事备受国际社会关注,巴西总统甚至曾出面求情并表示愿意提供庇护避难。虽然阿什蒂亚尼已于2010年底被释放,如今伊朗有些城市风纪管理也不再像想象中那样严明,但我一点儿也不想以身试法,事实上,如果不是因为刚洗完头,我并不介意时刻包紧头巾。

我对旅馆老板连连点头称是,保证遵守法律规定。匆匆洗完衣服,回到房间,在床架上绑上绳子,把衣服晾在室内。摘下已经被头发弄湿的头巾,也晾在绳子上。这头巾价格低廉,褪色严重,不由得苦笑起来。

经历了饥饿和指责,我疲惫至极,又发现自己来例假了,把身体蜷成一团,默默挨过阵痛。明天一早必须离开这里,睡着以前我想,不管用什么方式,离开这里,去亚美尼亚。

7.亲爱的伊朗大叔

　　步行穿过伊朗口岸,抵达亚美尼亚境内。漂亮的女工作人员穿着修身短袖衬衣和短裙,肤色白皙,长得像俄罗斯姑娘。她们示意我可以摘掉头巾了,已经离开伊朗。

步行穿过伊朗口岸

　　哦,这会儿我应该欢乐地摘掉这宗教强加给女性的"枷锁"了,可我没有动。我习惯了。习惯真是一个可怕的词,是由衷的一种放弃、顺从、妥协

和麻木。而且,我喜欢包在头巾内,它令我有安全感。

  出了亚美尼亚口岸,没有当天去首都埃里温的班车,我背起大包径直走上了公路。国境线上炎热荒芜,山体露出黄褐色的地表,几乎没有植被。地面被烤得发烫,人字拖仿佛会融化掉。走了很长一段,伸手拦过好几辆车,都不停下。后来一个奔驰车主要一百美金,我付不起,他便带着嘲笑猛踩油门绝尘而去。阳光下发白的路面,晃得人睁不开眼。

  我想起子轶,不久前曾骑单车走过这段路,他是如何在烈日下完成这绵延无尽荒芜寂寞的骑行呢?如果有一天相见,我一定要问他。

  为了不错过身后驶来的汽车,我倒着走路。我一定得走着,行进着才不会绝望。

  一辆重型货车意外地停了下来,因为太高,我跳了几下都看不到司机,只好冲驾驶室大声喊道:"埃里温方向?"管他去哪里呢,我一定得坐上这个车,必须离开这荒凉的国境线。

  司机探了一下头,坚定地回答:"埃里温!"

  欣喜若狂,比我预期的情况好得多,至少天黑之前,有车肯载我了,而且正是我要去的目的地。我艰难地攀登上车,坐定后长长地吐出一口气,如同流浪多时终于到家。

  司机冲我笑笑,继续前行。他五十岁左右,身形强壮,戴一副茶色眼镜,头发灰白,神情温和。我知道他是好人,直觉知道。人与人之间一定存在着强大的气场感应,即使短暂的碰撞,亦能迅速做出判断。他的笑,不藏欲望、预谋、索取。我侧过身伸出手,与他相握,我说,谢谢你为我停下。

  他不懂英文,用温暖的手再次握紧我作为回应。

  我不想盲目冒险,也不相信人可以一直靠运气行走天下。这世界仍然卧虎藏龙,单身女子都应该明白风险。在我并不多的搭车经历中,也曾遇到过产生邪念的司机。但是这风险,永远是相互的,一个蓄意等待搭车的乘客和一辆偶然途径的车,哪一个更容易事先策划?在搭车的人群中,也许并不常

【亲爱的伊朗大叔】

见恶意策划财色抢夺，但是无数的人策划着自己的身份，需要得到无偿帮助的角色。包括我。

有一次在西藏林芝搭上一个货车，司机一口河南话，他说："哎哟妈呀，我看见你们这种没钱坐车大冷天里站在路边搭车的人我就心疼，就得给你们停车。"我听完羞极了，半天都不敢接话。我的确希望更为省钱的旅行，可我并非他口中真正需要帮助的群体，那一刻，我甚至觉得利用了他的善良。车行至中午，我说："老乡咱们一起吃中饭吧。"点了石锅鸡，热乎乎的。我提前去悄悄把钱付了。吃完后司机一直抱怨，"咋能这样，咋能让你一个女娃儿付钱。"

事实上，大多数情况，我并不会为搭车支付费用，可是我认为没人具有义务无偿搭载我，我希望可以对他们有所回馈。这种回馈，不一定是物质上的，一个善意的愿意捎上你的司机，可能并不需要物质的交换。陪伴夜车司机说说话吧，帮他点一支香烟，看看背包里有什么纪念品相赠，一起吃个饭吧。在狭小的车厢里，彼此信任，分担与分享。

在亚美尼亚境内行驶一段后，植被越来越丰富，满眼郁郁葱葱。山脚下盛开大片明黄色的野雏菊和明媚浪漫的紫色熏衣草，半山腰是绿意盎然的低矮灌木，山顶上积雪还未化完，泉水从山崖缝隙中直泻而下。路边有几处简陋的饮水点，直接引流山泉，我们停车装满水壶，冰凉甘甜。几乎一直在山路上盘旋，上山下山，翻过一座又一座。他指着路边一块小墓碑，说一个伊朗司机从那里翻车死亡。他说波斯语，加上简单的手势，我能懂。有时他放慢车速指着山峰让我观察，原来那个角度的山顶像某种动物的形状，

穿行无边的花海

看出来后，我便模仿动物的叫声让他确认，他欣慰地连连点头。他还会为偶尔穿过公路的小型动物而刹车，我看到一只类似松鼠的小动物，在公路中间竖起蓬松的大尾巴，冲他看了两秒

路边野花

后跳进草丛。他为这只动物的平安而高兴，满眼笑意。

我想，这是他行驶过无数遍的道路吧，往返于伊朗和亚美尼亚两地的货车司机，他了解这路上每一个急转弯，每一处特殊的景致。我多么希望他会因为搭载我而比独自驾车开心一点点，希望没有给他添麻烦，我不知能为他做些什么。

他从身上掏出钱包，给我看里面的照片，他的太太和女儿。我再次验证自己的判断，一个随身携带全家福照片并乐于与人分享家庭喜悦的男人，内心美好，性情和善。

很奇怪，他完全听不懂英文，我们却互相明白，没有障碍，常常在车厢里因为心领神会而哈哈大笑。在略为平缓的道路上，我端茶给他喝，他觉得不够甜，低头拧开糖盒盖，又往茶里放几粒方糖。我便一只手帮他扶着方向盘，车继续开着。我知道正在危险驾驶，却一点儿也不恐慌，虽然这种信任与交付缺乏理性。有时我难以解释自己的行为。

路边小镇居民

路过小城镇，他停车进商

亲爱的伊朗大叔

店，给我买橘子味的冰冻汽水，就那样朴实沉默地递过来。我双手握着冰凉的玻璃瓶子，在高温的货车车厢里，珍惜得舍不得喝。过了一会儿递过去，执意让他先喝一口。

这些年走在路上，发现语言真的不那么重要。如果要放弃自身已有的一种本能或技能，我愿意放弃语言。即使人类与动物之间，亦可默契相伴，并不依赖某种语言。不懂你的人，哪怕终日表达也词不达意。我相信沉默本身具有独特而强大的力量，因此厌倦生活中夸夸其谈的男人。

下午六点，想请他在小镇上停车一起吃晚餐。我比划着做出吃饭的动作。他微笑示意明白，却把车停在郊外一片树林旁。我们跳下车，我再次向他比划吃饭，他径直走向货车的中部，拉开货厢下方一米多宽的盖门，我惊讶地叫起来，哇，那里面就是一个设施齐全的小厨房！

货厢下方设施齐全的小厨房

他在瓦斯炉上热饭，米饭里混合着咸菜、大豆和碎牛肉，事先已经准备好的料理。也许是出发前，太太给他做的爱心便当。

分给我满满一大盘，他自己不够吃便又吃了几张干硬的薄饼，对我带来的涪陵榨菜似乎很是喜爱，可惜只剩下最后一包。长途旅行至为遗憾的是，不能携带更多的行李，也不敢在路上随意购买喜欢的东西，背包的容量和自身的承受力几乎处于临界点。那薄饼看上去并不好吃，我吃着盘子里的米饭，愧疚极了。原以为可以请他吃晚餐，结果却是分走了他的便当。哦，亲爱的伊朗大叔。

吃完饭，他已经把茶煮好。风中带着田野新鲜的泥草味道，不远处几匹

棕色油亮的马驹正在饮水,我们坐在折叠椅上,喝上几杯波斯红茶。

我的旅途,并无与众不同惊心动魄,像无数走在路上的人一样,我们所见是同一个世界。每次回国,当朋友们问道"路上有什么奇遇"时,我就半天说不出话,在脑中反复搜索,奇遇,奇遇……我不过是换了几个地方生活罢了,每天无非晃荡在大街上、菜市场、巴扎、旅馆、餐厅、当地人家中、车站,或其他喜欢待着的地方,比如清真寺和沙漠。说不上奇特之处,在当地人眼中,这就是他们每天所见所闻所处之地。我自身,也实在没有特殊的表现,难以开展轰轰烈烈的恋爱,预见和应对风险显得过于从容,似乎一切都是生活的原貌。

我一再上路,在不同的地方逗留,看看山水和百姓,像他们一样生活,然后告别。我常常抑制不住感动和思念,虽然只是人生长河中的匆匆一瞥,却如获珍宝,不敢忘却。

十小时的路程,只要他在开车,我便不合眼,陪伴着他。我理解长途驾驶的疲倦,有几次我一个人连续驾车十二小时回老家,高速公路景致单一,

亚美尼亚的牧民

亲爱的伊朗大叔

带着几罐红牛提神,晚上眼皮实在睁不开,不得不靠边睡上十分钟。我陪着他,有时仅仅是伸出手去与他相握一下,在黑暗中确认他的状态。我问,OK?他答,OK!

这种陪伴的默契持续到凌晨两点,灯光渐渐明亮,我知道已进入城市,路牌上出现"埃里温"。

告别在即,心中不舍,十小时,却仿佛共度了好几日。这不仅是一段车程,它像是人生路上一段温暖的陪护。在凌晨的首都街头,我背着大包过去拥抱他,我们甚至不知彼此姓名。让我抱抱你,让我抱抱你,亲爱的伊朗大叔,愿你一生平安幸福。我那么用力地抱紧他,清楚可能一生都不会再相见,因为感激和不舍,眼眶湿润。

位于亚洲与欧洲交界处的外高加索南部小国亚美尼亚,最美的景致我已经路过,看见并记住。在我心里,最美不过是伊朗边境至埃里温的路途。在夕阳下穿行高原无边的花海,雪山下的小镇恬静如画,草场丰沃,羊群雪白,马蹄得得,候鸟高飞,夜色下的湖泊如明镜一般。清澈的大风灌入货车车厢,悠长委婉的伊朗歌曲飘向天边。这条路,美得就像,像是归乡的路。

8. 亚美尼亚的咖啡时光

　　Rida's House 是日韩背包客在埃里温的据点，费用约两块五美金，就在火车站附近，交通便利，火车站大厅内提供免费的无线网络。在德黑兰旅馆里住了多日的韩国男孩木山推荐我来，没想到一进 Rida 家，正撞见他在里面。他也到了亚美尼亚。晚上发现在德黑兰见过的日本男孩石川也过来了，大家都挤在 Rida 家。

　　一起做晚饭，那情形好像又回到德黑兰，几个人聚在旅馆天台上的小厨房煮泡面，偶尔也吃海鲜。那时候，我总在排队等候的间隙，看阳光下华丽庄严的清真寺圆顶，大片灰色的鸽群划过天空。木山常模仿老虎叫声吓唬追赶厨房里偷食的小猫。石川永远塞着耳机，跳着舞步做饭。换了个国家，换了个厨房，还是同样的几个人。人生何处不相逢。

　　床位有限，我便睡在院子里的葡萄树下，空气清新，清晨要从床上捡拾落叶。半夜有些凉，冻醒后索性起身把背包里所有的衣服和围巾全部倒出来，往身上一通缠裹，继续倒下蒙头大睡。脚尖触到一团软软的东西，拧开手电照看，一只灰白色的小猫蜷缩在床上。于是把它抱入怀中，互相取暖。

　　我把这个情景拍下照片，在日后的旅途中，遇到客满的旅馆，总是央求他们照此帮我在院子里搭个小床。有一次在土耳其，旅馆老板看了照片后哈哈大笑，他说真拿你这姑娘没办法，好吧，你愿意睡在院子里还是天台上，天台上有一间储藏室，如果你不嫌弃的话。我爬上天台一看，天啊，正对着蔚蓝清澈的爱琴海，无敌了。

　　木山很快又成为亚美尼亚万事通，就像在德黑兰一样，他热情洋溢地传授新的经验。从地下通道里售卖的廉价面包到市中心的脱衣舞秀场，他无所

亚美尼亚的咖啡时光

不知。

　　我喜欢木山强大的信息收集能力和乐于共享的精神。在不同国家的小旅馆里，经常能发现日本人韩国人留下的笔记本，记录着旅行路线、推荐、骗局、手绘地图甚至个人游记。毫不吝啬地分享着旅行指南和路途欢乐。但中文的留言簿很少，包括我自己也极少留下只言片语。国人自助行起步较晚，分享的习惯尚未建立，又迎来网络信息便捷迅猛的时代。我常借阅日本人的留言，因为文字相近，大致可以看懂。有时被日本人误以为是同胞。

　　可是在 Rida 家，我看到了一本字迹娟秀信息详尽的中文攻略，满满的，像一本书。来自一个叫野蛮青春的姑娘。记录了无比详细的高加索和中东旅行信息，并画下简洁的地图。在其中一页的指南中看到一句话："喝了酒，有点儿醉，却还是无法入睡，又爬起来写书了。"虽未曾见过她，脑中却突然浮想出她的样子，年轻的、调皮的、率真性情的模样。这个长时间在路上独自坚定行走的姑娘，朴实低调地耗费大量精力为中国游客收集保留下了珍贵的信息，我从心里尊重她。

　　从 Rida 家出来，火车站旁边有一个市场，每天清晨，都能见到体形丰腴的亚美尼亚大妈系着围裙出售手工的乳酪。水果摊上色彩丰富，桑葚、蓝莓、樱桃、西瓜、杏子、石榴、葡萄，新鲜诱人，堆放整齐，远远看去就像一个巨大的调色盘。有时买一个西瓜，放在 Rida 家冰凉的地下水中，晚上与人分享甘甜的冰镇西瓜。

　　这个市场的白天远没有凌晨四点钟时热闹。那时候批发蔬菜水果的车辆热闹地从火车站广场上涌来，玉米堆成小山，整筐的水果正在装卸，车灯凌乱地移动，交易的谈判声此起彼伏，流浪狗在市场穿梭，司机聚在角落里抽烟。而我，第一天抵达埃里温是凌晨两点，告别搭载我的伊朗司机大叔后，在漆黑的火车站广场上，靠着背包等待天亮。Rida 家是私人住宅，那时大门紧闭，所有人已经入睡。我不知道上哪里找另一家廉价旅馆，一想到再过几小时天就会亮，便决定先在外面混一夜。

那一夜是如此的漫长。无处可去，无法入睡。有时候钻进市场里走走，我依然包着头巾，在亚美尼亚一下便被认出是外国人，几个男人陆续搭讪，我低头不语快速离开。有时去主干道上看看打烊的店铺招牌，在路边的长椅上坐一会儿，昼伏夜出的吸毒者神色恍惚从身边飘过。最终还是留在火车站门口，忍着经期的不适，坐在一张废报纸上等夜色散去。

回想起来并不觉得苦。当人有所等待时，便意味着还有所希望。希望仿佛是肉身不可或缺的营养药剂，失去它便迅速枯萎消亡。人不能轻言绝望，这等同于放弃生命的成长。挨过漫漫长夜，挨过人生的孤寂，黎明破晓，绝处逢生。

我的前半生，并没有经历过真正贫穷的日子。或者可以这样说，贫穷一方面是一种客观状态，一方面是一种心态。童年时期物质相对匮乏，可我心里从不苦闷，每天都能吃饱饭，衣服没有补丁。我对生活没有更高的追求，对物质没有过多迷恋。从心态上讲，我简直活在一种自满之中，所以总是显得目光短浅，不够努力上进，乏善可陈。旅途中的辛苦着实也不值一提，能够出来走走看看，已经比许多人幸福百倍，回顾起来，脸上全是笑意。

亚美尼亚很小，我始终认为最美的风景就在那天的货车外，即使错过其他，也不遗憾。除了用一天去了格加尔德修道院外，其他大部分时间只是在埃里温的街头，走走停停。

埃里温的小巴车实在令人难忘。许多车身有标注中国或日本支援的字样，内部空间狭小低矮，但似乎总是满员超载，如果不幸没有座位，就只能低着头弯着腰站立，车顶的高度根本无法满足成年人直立的身高。大家都以龙虾弯曲的姿势挤在一起，重心不稳，转弯或急刹时经常向同一个方向重叠。如果运气好站在天窗的位置，用力把天窗推开，半个脑袋伸出车顶，才能稍稍缓解扭曲的身体。

大部分男士会为女性让座，可通常太拥挤难以具备让座条件。有座位的人会主动帮身边站着的人拿东西和抱孩子，因为站着实在不方便用手拿任何

【亚美尼亚】
的咖啡时光

东西。这情形看上去非常有趣，大妈膝上放着三五只皮包，或者逗着怀中的婴孩，但这些都不是自己的。每当我奋力挤上车后，就有人伸手示意帮我拿背包，便愉快地递过去。中国人所警惕的公交车小偷，在亚美尼亚恐怕闻所未闻吧。陌生人彼此关照与信任，有几次因为太拥挤我根本不知道自己的小背包在谁的手里。

亚美尼亚女性普遍身材丰腴，夏季穿着简单性感，在小巴上弯腰站着，眼睛经常正对着座位上姑娘的酥胸，一路春光。当地人却似乎早已习惯。而不远处的伊朗，那里的姑娘与此判若天渊。

每天乘小巴在城市穿行，很快忽略舒适度。这是我与陌生城市亲密接触的方式。

埃里温坐落于拉兹丹河畔，我喜欢市中心广场午后慵懒的阳光，粉红色的瑰丽石头建筑气势恢弘，露天咖啡馆里年轻美丽的女子慢条斯理地搅拌着

埃里温粉红色的瑰丽石头建筑气势恢宏

良辰美景，宛如初见

咖啡，野猫优雅地蹲坐于街角，位于土耳其境内的亚拉腊山白雪皑皑，清晰可见。城市小巧精致，生活散漫，阳光充沛，唯有经济看不出蓬勃的迹象。据说移居海外的亚美尼亚人口多于本国人口，除了早期的移民和流亡人数，每年仍有大批的居民向外寻找工作机会和更好的生活。

一日，有幸在街头受到一位英文老师的邀请，去她家中品尝手工咖啡。老式建筑，面积不大，阳台上可远眺亚拉腊雪山。欧式水晶吊灯，实木地板，满墙的书籍，书架上摆放几只残缺的玻璃大象和远在德国的女儿照片，茶几铺着洁净的白色刺绣桌布，沙发前一小块红色手工地毯，编织出复杂的圣经故事图案。她独自居住，生活简洁，却觉察不出落寞。

我庆幸可以走进当地家庭，这种真实的生活感受远比新闻报道更为血肉丰满。

亚美尼亚历史悠久，几经兴衰，曾经疆土广阔，国力强盛，却饱受战役、屠杀、流亡、领土分割、高压统治、宗教排斥与复苏挫折的苦难，先后被罗马、安息、阿拉伯、蒙古、土耳其、波斯和格鲁吉亚人统治，后归属俄国，直至1991年苏联解体，方才独立。至今仍与邻国阿塞拜疆存在领土争议，与土耳其存在关于种族大屠杀的历史认知问题。

经历苦难却又被世界遗忘的亚美尼亚人，精明能干，气节不屈，信仰坚定，这让我想起二战后的犹太人。

她有不错的职业，在首都市中心拥有住房，女儿在欧洲工作，或许算得上无忧的中产阶级。语速轻快，穿着得体，笑容优雅，可以对着地图大方地谈论亚美尼亚历史。她甚至是有些骄傲的，仿佛展示着历经沧桑侵略史后仍顽强生存并不改信仰的亚美尼亚后裔精神。指尖划过地图上那些如今不属于祖国的疆域，她说，亚美尼亚曾是西亚强国。又说，诺亚方舟就在亚拉腊雪山中。

她一边做咖啡，一边聊着天，突然无奈地笑笑，对我说，不要谈论那些乏味的事情，不如你也来试试亲手磨咖啡。

【亚美尼亚
的咖啡时光】

  我学着她的样子，手握一支小小的柱状铜器旋转研磨咖啡豆，看似容易，事实上需要较强的臂力。等待咖啡的时间里，她先端上亚美尼亚独特的酸奶，清冽的原野味道，并不稠腻挂杯。然后是 Lavash（薄饼）、奶酪、酸辣椒和番茄，卷在一起吃。

  咖啡煮好，不滤渣，也不搭配奶和糖。口味略苦，但香气浓厚，闻之陶醉。这一小杯浮着泡沫的深色液体，几乎是每个亚美尼亚人生活中不可或缺的一部分。

  我从邮局里挑选了一张印刷亚美尼亚废弃的古都安妮的明信片，坐在市中心粉红色建筑的廊柱下，写下："高远的天空下，这坍塌的残垣断壁所散发出的宁静久远，最能诠释亚美尼亚自豪的历史和悲情的今天。"

9.当我一无所有

"顾,我在开往土耳其特拉布宗的巴士上。刚刚离开格鲁吉亚边境,一路沿着黑海行驶。虽略有颠簸,此刻仍忍不住写信给你,字迹潦草,愿你可以辨认。此时,一轮巨大的彤色落日正在黑海的上方,云彩壮观地朝天边铺陈开来,我鲜少见到如此清晰壮阔的太阳轮廓,那样不真实地缓缓沉入海面。这样的景象令我感动,我想像你就坐在身边,我们侧脸望向窗外,满脸都是金色的光芒。"

我摸了摸脸上已风干的泪痕,望向窗外,合上记事本,再也没办法写一个字。

刚才,当我步行通过边境的时候,天气炎热,队伍中有人晕倒,滞留耽误太久,进入土耳其边境后,我找不到原来乘坐的那辆巴士了。除了一本护照,我所有行李和钱都在车上。

我想象过旅途中的各种意外和困难,并非没有预期或遭遇过。可是,当我走向黑海,看见即将西沉的太阳,看见身边绝尘而去的巴士和没有尽头的荒芜公路,天快黑下来,心便扑扑凌乱地跳动。

如果巴士真的没有等我,今天晚上去哪里睡觉,这是个问题。一边不懈寻找巴士,一边思考着。网上许多人写花最少的钱或不花钱走天下,是否成行怎样成行我不知道。我真实地走到了这个境地,根本不想哭,哭有什么用。如果天完全黑下来还是没有找到车,我应该回到边境口岸找警察,也许他们能查到,帮我找回行李。就算需要些时间,夜晚不太冷容易混到天亮,几天不换衣服也没什么大不了。我得观察一下口岸附近有什么地方可以睡觉,明天是否找个餐厅打工交换午餐。幸运的是,护照还在身上,能证明身份就好。

【当我一无所有】

我身体无碍,英语还能表述,情况不太坏。

我接受了这个意外,前途未卜内心尚有疑虑,但是无惧。黑海的海面被落日映射成橘红色,沙滩上有赤足散步的情侣和追逐嬉闹的孩子,啊,还有色彩明艳的冰淇淋车,如果此刻我还能从身上找出一美金的话,我会毫不犹豫去买一支,芒果味的。我把双手插在口袋里,一边踢着小石子一边吹着口哨走路,反正一无所有,心里倒平静下来。这种反常的平静放松,就好像在城市里犹豫许久终于放弃一份步步为营的鸡肋工作,突然感到清风拂面海阔天空。

我知道,倘若存活于世,身外物仍至为重要。我可以不吃芒果味的冰淇淋,但不得不考虑果腹。我的肉身一样跳脱不出俗世的需求。维持生活和旅行,一切都需要代价。只是在那一刻,我强行压抑住需求的暗示,选择了乐观。

可以解决掉人生所有的难题,这是多么不得已的自信。迎面而上,有时不是勇气,是没了退路。

走了几百米,忽然发现我的大巴车正停在路边,我迟疑了一下猛地朝它狂奔而去。原来它并没有在口岸停车场等,它在这里。那么,我在找了一遍又一遍后杜撰出来的可怜景象以及应对措施,都是杞人忧天?我大笑起来,原来它一直都在,我不用睡路边不用担心没钱。之前凄惨的想象就像一个玩笑,我又回到了冷气十足的大巴车上。我笑得眼泪都出来了,忍不住。激动什么呢,这就是事态原本的样子啊。可我真的忍不住,就像两手空空的人意外得到垂怜,一切本不属于我,都是恩赐。

我在座位上坐定,服务员开始发饮料,我要了热咖啡。回想起刚才发生的经历,只是几百米的路程,却如同经过一段真实的一无所有的流浪,从惶恐焦虑到坦然无惧。没有为恐惧和失去掉一滴眼泪,却为失而复得而无法抑制。

我把这本旧旧的记事本捧在胸前,因为带在旅途中太久,它的边角磨损翻起。我在上面记一些临时的资讯,也包括当地人帮我写下的本国语言地名

良辰美景，宛如初见

和简短的问候语。不知道为什么，我开始从最后一页写信，写给顾。我在马苏雷丢弃了他的邮箱地址，那是他唯一的联络方式，可我仍然在记事本上写信给他。也许有一天，我们会再见，在这路上。或者，它们是写给顾，也是写给我自己的信，在孤寂的旅途中，与自己的对话。

"顾，你还好吗？我蹲坐在库塔伊西一家国际巴士售票处的门口写信给你。天气热极了，就像身处一口热锅之中，头顶烈日炙烤，地下火焰窜动，靠近地表的热气被折射成波浪状。我临时决定当日离开这里前往土耳其。

热浪里人声鼎沸，人们拖着巨大的行李在路边徘徊，小贩穿梭其中兜售食物，阳光下一个孩子的雪糕瞬间就融化了，黏稠的液体流经手指大滴大滴掉在地上，我坐在路边的一级台阶上，双脚必须不断地避让拥挤的行人，有时候让他们从我的腿上横跨过去。

你留下的照片我仍带在身上，刚刚从记事本里掉出一张，拍的是繁盛烂漫的粉白色樱花。樱花花期短暂，一边盛放一边凋谢。春风急，只见一地惆怅。捏着照片的一角，我能听见起风了，花瓣如雪簌簌飘落，清薄淡雅在阳光下翻飞闪烁。香味糅合在早春的温度里，不易察觉。樱花未有倾国倾城之貌，如梦似烟，是与世间喧嚣无关的花朵。

可是一抬头，还是身在这热闹的人间，陌生的城市街角，阳光中飘浮着肉眼可见的尘埃。

我害怕这番茫茫人海的景象，它总是让我产生寂寞与寻觅交织的错乱和绝望。身外万物迅速流淌慌乱穿行，我却仿佛蜡像般凝固停滞踌躇不前，无措感宛若兵荒马乱中丢了亲人失去方向。

有几次，我在人群中看到一个人很像你，转眼就不见了。那也许是幻觉。想起三毛的《滚滚红尘》，章能才在逃亡的船舱里跳跃寻找人海茫茫中的韶华，心底便有一种乱世中的无望。

樱花落成了一场雨。

世界这么大，我开始担心，再次遇见的可能性。

【当我一无所有】

　　我想重返马苏雷看看你留的字条是否还在窗子上贴着。

　　车来了,大家一阵急促的骚动,我要走了,穿过马路去对面乘车。也许凌晨即可到达土耳其的特拉布宗。

10.无处投递的信

顾,你可来过格鲁吉亚?我叫它佐治亚。

我喜欢乘坐第比利斯的地铁,它修建于前苏联时期,像个深沉厚重的钢铁战士,在深深的地下,穿过黑洞呼啸而过。它的速度与声响,它那鲜红的座椅、鲜红的扶手、鲜红的自动门,显得突兀极了。

地铁里的人总是很少,人口老龄化明显。常常见到头发灰白的老太太怀里抱着满袋干硬的面包,面无表情盯着窗外漆黑的涵洞。戴老花眼镜的中年男人,埋头看一份俄语报纸。他们的样子看上去十分孤独。即使地铁行驶发出巨大的噪音,可整个车厢还是显得安静冷寂。身在其中,好像困入一个缺乏生命跃动迹象的铁匣子里,穿越地下的泥石,将被送往白雪皑皑的冬季。

可我还是喜欢乘坐地铁,有深陷另一个奇特时空的陶醉感。有时候,觉得车厢像一出黑白默剧舞台。虽然演员动作迟缓,只要仔细观察,就能发现一幕幕没有声音的故事。你在伊朗的古村子里,问我为何长时间蹲在地上看蚂蚁,我想说的正是,它们并不是完全相同移动的小黑点,你若俯下身去细心观看,便能发现它们体态各异,动作万千,分工明确,交流频繁,有迹可循。与人一样,劳役不息,轮转生死,无有尽时。

对面的年轻女孩坐在两个老太太中间,她们并不相识,因为乘客少,她们之间隔出较宽的空隙,各自想着心事。她二十岁左右,穿着得体,塞着耳机,没有靠着椅背,头埋得很低很低,如果不是在打盹,这个姿势不太舒服。她没有意识到我在看她。我猜她也许正埋着头哭泣,于是朝她下方的地板看去,果然已落下两滴眼泪,像两朵绽开的太阳花。列车轰隆前行,晃动令人疲乏,空间虽然紧凑,但每个人都旁若无人。她想起了什么难过的事情?耳

【无处投递的信】

机里正播放什么音乐或者谁人正在电话另一头跟她说话?观察一个哭泣的陌生女子,也许正像观察行进的蚂蚁一样令人觉得无趣。我曾渴望旅途充满惊险、狂放、不羁的变迁,可我们最终所面对的世界,不过是一场身在异境的生活。

到站车还没停稳,门便哗的一声打开,我迅速跳出来,瞬间门又在身后重重地合上。它令我觉得刺激。

我追上那个女孩,拍她肩膀,好像已经相熟。我说:"让我听听你的音乐。"她微笑着递过一只耳塞,眼睛湿润。我们一边前行,一边听着耳机。

爵士乐、小号、口琴,远远的沙锤,贴耳的女声。节奏轻快,女声柔美。淡淡地,不见悲喜。如同夏日的晨曦,狗尾草上有金色的露水,白衣飘飘,穿行草丛,轻声哼唱,离伤不诉。

我听不懂歌词,脑中却是这番景象。她在唱什么?

她说,只是说再见。

门外草萋萋,送君闻马嘶。

不动声色的离情与相思。

地铁深不可测,通向地面的电梯又高又快,人们严肃沉默。我每天坐地铁去市区,没有特别的事情,有时候坐在某个小广场前看喷泉,有时去东正教堂观看洗礼。

一日,我用了整个下午,在Sololaki山腰中那些童话般彩色房子的屋檐下,晒着太阳写明信片。第比利斯城市风光尽收眼底,我在每一张明信片背面,手绘河对面著名的Sameba教堂,外形恢弘高贵,

第比利斯Sameba教堂

线条硬朗清晰，尖顶，十字。

总能在街边看到出售葡萄酒的店子，橱窗里陈列设计精美形状各异的酒瓶。这个高加索小国盛产葡萄酒，甘甜醇正，芳香诱人。

我将一瓶当地葡萄酒带上 Kezbegi 的山峰，在写信的间隙里，喝上一口。信写得断断续续，反正无需寄送。酒香浓郁，蜜蜂在木塞上久留不去。雪山云雾缭绕，牛群悠然自得。大片大片的雏菊从山顶蔓延至山腰，像一杯打翻的牛奶，在碧绿的草场间流淌。花开正当时。

山顶独酌，微醺陶醉，在日光下睡了一个甜美的午觉，一只

大片大片的雏菊从山顶蔓延至山腰

牛群悠然自得

Kezbegi 山顶

无处投递的信

温顺的大狗始终陪伴左右。令人不可思议的是，它从山脚便开始靠近跟随。经过徒步路线的岔路口，正犹豫时，它默默走到前面带路，距离拉开十米左右，便会停下蹲坐路边等候。这样走走停停，将我带上山顶。我们分食了几块曲奇饼干，我往掌心里倒一点儿水，捧到它面前，它便俯身舔干。又让它尝了一小口葡萄酒，它津津有味地喝光，把脸凑近还想再要，样子有趣极了。我拍着它厚实的脊背，就像与离别的江湖哥们儿重逢时彼此击掌，肝胆相照。它身形高大，眼含笑意，性情平和，善解人意，默契相伴，如此实在比跟一个浮夸无礼的男人结伴有趣得多。

石砌的简陋教堂在雪山前庄严屹立，天空澄净，心旷神怡。年轻的欧洲情侣在教堂前的山崖边相拥深吻，女子的长发在大风中凌乱飞扬。一个长久而缠绵的吻，像一个相互交付的仪式。

Kezbegi 的温度比第比利斯低很多，小镇人口不多，满地都是寒风吹散的落叶，主路上也十分清冷。山顶阳光明媚，正午短暂温暖。山下村庄却浓雾笼罩，仿佛酝酿着一场大雨。我在路边买一小杯温热的手工咖啡，靠着小店窗户一口饮下，用以取暖。雨终究没有落下，天色灰白，想起马苏雷的雨。你在何处？可有再见大雨如注？

石砌的简陋教堂

年轻的欧洲情侣在教堂前的山崖边相拥深吻

良辰美景，宛如初见

有时我竟感觉到，伊朗一别，你也一样，陆路进入了亚美尼亚和格鲁吉亚。正走在相似的途中，只是人海茫茫。

我从亚美尼亚的首都埃里温坐火车来第比利斯，抵达时已过午夜。警察局的打印机坏掉，制作签证延时，又耽误些时间找警察兑换当地货币。因此当我独自走出火车站，面对那样的黑暗和寂静，心中不免微微紧张。然而我突然发现，街边有一个中年妇女正提着保温壶向计程车司机售卖热咖啡，我一下子便愉悦起来。这是印度常见的方式，他们在站台上、车厢里、街巷中如此出售奶茶。印度令我怀念不已，我一定会回去。

我走上前去买了一杯。价格低廉，但咖啡浓郁醇香。我捧着简易的纸杯，嗅着那深度烘焙出的略带焦糖味与烟熏味混合的特殊浓香，在异国凌晨的街头，靠在昏黄微弱的路灯下，想起了你。

迷宫般的巴扎里空无一人

脑海中莫名出现的是伊斯法罕的大巴扎。那里究竟有什么呢？星期五的下午，迷宫般的巴扎里空无一人，寂静无声。所有的铺子都没营业，大门紧闭，墙壁陈旧，狭长的走道穹顶上，阳光透过几何图案的天窗在地面留下一束明亮的光斑，一团一团整齐地向远处铺开，细微的灰尘在那光线里轻舞。午后，在与世外喧嚣隔绝的庞大巴扎里，只有我们，漫不经心地寻找着出路。

我如此贪恋那静谧的时光，像置身遗世独立的岛屿。

你对我说，站在这里等我，我去看看前面是否有出口。

我们好像在巴扎里迷路了。小巷子里残留浓郁的香料气味，墙角堆放尚未清理的垃圾，转角的墙棱被摩擦得油黑发亮。想来平日里总是人声鼎沸交

【无处
投递的信】

易繁忙的，铜器、丝帛、首饰、地毯、香料、红茶、书籍、服饰一应俱全。

我在一团光束中停下来，原地等待你回来。这些小巷子四通八达，交错环绕，关闭的店铺大门看起来几乎一模一样，每条巷子每个方位都深不可测，神秘诡异。

远处清真寺的宣礼声悠扬响起，我似乎等了很久。四处张望，忽然觉得自身在巷子里快速地旋转起来，缝隙里的太阳光束像闪电般忽明忽暗。店铺的木板门瞬间一扇扇打开。戴着白色帽子的穆斯林男人将柜台上的盖布猛然掀起，抖落仿佛积累多年的灰尘。卖地毯的老人把卷好的地毯平放于地，用手轻轻一推，一卷卷向前滚动展开，全是丰盛富饶的花朵图案。身穿黑袍的大妈迎面走来，不由分说伸出手帮我整理略为松懈的头巾。人群熙熙攘攘，几个男人贴身走过，频频转过头来轻声讨论。水烟发出咕咕的声响，手持烟嘴的老人冲我似曾相识地咧嘴大笑，牙齿一颗不剩。

虚实难辨，令人恍惚。我的低血糖犯了。眼前诸物逐渐模糊消融，你在黑暗中走向我，难以目测与你的距离，可身体无法自控，朝向你倾倒下去。

顾，如果不因病症，人在完全清醒的状态下闭上双眼径直倒下，需要极大的勇气。人素来对此缺乏安全感。在身体失重下落的那一刻，我意识到，即使与病无关，我亦可以放心向你倒下。我知道的。就是这样无缘无故的信任。

抱歉的是，在不长的共同旅途中，我已两次身体失控。许是伊朗太热，我并不会经常如此。

你快步向前扶起我，手里的冰镇果汁撒了一地。那情形与设拉子的初次相遇几乎一样。及时地、有力地、稳妥地倚靠。陌生又熟悉的怀抱。你说，我回来晚了。递给我那杯所剩无几的果汁，又说，我已经找到出口，我们休息一下再走。

低血糖不是什么大不了的毛病，通常短暂休息后即可自动缓解恢复。有一次独自在深夜暴雨中的高速公路上驾驶，突犯低血糖，坚持按程序把车紧急停靠在路边，车灯在夜色里急促闪烁，我全身麻木，失去知觉，以为自己

会在那次死掉。但靠在座椅上昏睡十几分钟后,再次苏醒便没事了。

我们坐在小店门前的台阶上,只是一会儿,我就好了。我站起来要走,你却说,别逞强。

强悍坚韧难道不是一种美德?我难以自如地运用女性的娇柔与脆弱,因为,被怜悯与眷顾是稀有的情感,要珍惜它,不可滥用。此时你在身边,我便安全和欢愉。

我尚不能十分确认,这种归属感和安全感与爱情的必然联系,但是,显然我对此感到喜悦,与肉欲和利益的交换无关。

来自佐治亚的问安。

【意外的伤口】

11.意外的伤口

蓝色的土耳其邪眼忽然开出一朵莲花。硕大的粉红色花瓣中隐约透出诡异的蓝光。

我在车上惊醒。空调总是太过强劲。巴士仍在平稳高速地运行着,驾驶室的前挡玻璃处,悬挂摆放了十来个布玩偶,小熊小狗洋娃娃,被彩色的 LED 灯带环绕着。真是奇特的巴士文化。

我被刚才的梦吓出了汗。下意识地在黑暗中抚摸了一下腕上的邪眼手绳。天色昏暗,来往的车辆都开了灯,村庄的轮廓像剪影一样切割深灰色的天空。记忆里一场沉沉睡去的午觉,忽然醒来已过黄昏,雷声滚滚,一个人把身体蜷缩起来,梦中的人是再也寻不到了。

喧闹的土耳其市集里,陈列密密麻麻的邪眼,在阳光下散发出如地中海一样湛蓝的美丽色彩。一个英俊的土耳其商贩在人群中拦住我,他说,你

巴士上悬挂的玩偶

土耳其邪眼

需要买一个邪眼,它可以吸走他人对你的邪气与妒忌心,邪恶和魔鬼将无法亲近你。

怎么会有人妒忌我呢?我笑起来,你看到了我的样子,无奇、邋遢、贫穷、寂寞。

"为什么不?你的不自知,足够引起人的妒忌。这个手绳只卖一里拉。"他说着从一把项链和手绳中挑出一条递给我,黑色的牛皮绳上编织着几枚蓝色玻璃邪眼和珠贝。

对美与好的不自知——这是多么婉转与动人的赞美,即使被迅速地标了价。我知道这只是来自一个能说会道的土耳其商人的精明,他转身向另一个姑娘兜售邪眼时大概会说,您的裙子美丽极了,您需要买一个邪眼。

因为至爱对自身之美不自知的女子,所以微笑着买下来,系在手腕上。它很好看,古朴诡异,像一个神秘的巫术。

在此之前,我的腕上只戴一条细细的红绳,简单细密地编织而成,绳子上绑一只由野生山毛桃的内核打磨而成的篮子。经年累月戴着它,红绳褪色黯淡,而小小的篮子被摩擦得油亮红润,它携带着皮肤的光泽和温度,就像身体的一部分。妈妈说孩子戴上桃核能防惊吓,祛灾辟邪。她亲手打磨制作,为我戴上,红绳在岁月中已被磨断数根,它陪伴我走过漫漫长路,从未遗失。我喜爱这个贴身旧物,迷信民间赋予桃的吉祥寓意,珍惜母亲的心血相寄,并认为它可传承。我极少佩戴其他饰物。

它竟然陪了我那么久,那么久。长过任何人与我的相伴。

邪眼开出一朵莲花,这个梦就像土耳其自身带给我的遥远神秘感,对于一个匆匆的过客,它像个无解之谜。

此刻,我在开往爱琴海的巴士上,虽然对即将到来的未知充满期待,可我已经忍不住思念那些短暂停留过而逐渐远去的惊艳。

我枯竭的语言怎么能去讲述土耳其之美?它的万千变化,它的得天独厚,它的悠久历史,它的神奇地貌……这个横跨欧亚的神秘国度,通常只给予中

【意外的伤口】

国人十五天的旅游签证。仓促的十五天，仿佛只是轻轻掀开了舞娘面纱的一角，还来不及看清她的妩媚眼眸，她便以旋转的舞姿转身离去，只留下一抹绚丽的裙摆，在记忆里熠熠闪烁。

特拉布宗绝壁上的苏美拉修道院以及历经沧桑仍美轮美奂的古老壁画，深藏在枝叶繁茂的寂静山谷中。它修建于拜占庭时期，在这个伊斯兰国家里，它见证过基督教的兴盛时代。如同一个孤绝的带着古老伤痕的艺术品，至今仍与世外繁华的黑海港口城市隔绝开来。

棉花堡空无一人的清晨，浅浅的积水被天空的蓝映照成一片微小湛蓝的海子。千百年来白色的石灰质钙化沉积，形成宛如冰川一般的奇异景观。牧羊人安迪密恩与希腊月神瑟莉妮相爱了，恋人幽会却忘了挤羊奶，大片的羊奶流经丘陵，将它覆盖染白，形成洁白的棉花堡。我喜欢这个关于棉花堡的美丽传说。我在此等待日出日落，即使独自一人，也因它被赋予的爱情想象而心生浪漫。

棉花堡空无一人的清晨

棉花堡湛蓝的海子

棉花堡宛如冰川一般的奇异景观

卡帕多西亚巧夺天工如同月球表面的奇特岩石，令人叹为观止，曾有一个欧洲人在此乘坐了十余次热气球，只为记录这震撼无比的地貌。一日，我不小心走进某个古老村落，浓厚的乌云镶着金边，阳光从云层里放射出万丈光束，似乎黎明与黄昏同在。山顶俯瞰，巨大的岩石洞穴里是废弃的古老民居，大片蔓延，带着一种与世隔绝的壮丽和苍凉。宁静的巷子口堆放着被丢弃的老旧原木家具，柜门上精致却残缺的雕花和被时光打上烙印的发白的木头纹理，自有一番历经流金岁月的风雅。随意倾

卡帕多西亚的岩洞民居

倒横置的粗陶罐子里，睡着一只打盹的猫咪，黄白相间的尾尖垂在罐口，怡然自得。古旧的石槽已经不再使用，放在屋檐下，里面长出不知名的小花。使用中的石砌民居，多采用拱形门檐，厚实的木头大门刷成天蓝色，仍常见

蔚蓝的地中海

【意外的伤口】

　　细密的雕花工艺。灰色的鸽群在大风中挥舞翅膀，哗哗地飞过寂静的山谷，在峭壁上发出咕咕的叫声。路边的杏子已经熟透，落了满地，走累了便坐在杏树下，拾几个烂熟如蜜的杏子，直接剥了皮吃。

　　通向蔚蓝地中海的安塔利亚古城区，午后慵懒的阳光打在岸边的白帆上，时尚性感的欧洲姑娘把面包屑放在掌心里喂海鸟。巷子太窄，走进去便是另一番清凉幽静，墙头上总是开满艳丽花朵，热烈得像一场盛宴。粗糙的石头老屋前，一个沉默的中年工匠娴熟地编织着繁复的挂毯，手指灵活纤细，在无数条细密的彩色丝线中游刃有余。苏菲舞者的陶像和色彩斑斓的瓷盘随意放于店子外的墙角，如同一个开放的艺术展览。戴红色小帽的土耳其大叔摇响冰淇淋车上清脆的铜铃，用长柄勺挖出一团香浓黏稠的冰淇淋，沾着蛋筒，与一个小男孩反复逗趣，那孩子咯咯地笑着，小手伸向天空，跳起来抢夺。我在旁边看得欢喜，于是上前买一支，我看到自己心底与人快乐交流的渴望，那样的强烈。

　　地中海岸的早餐，足以令人对生活产生巨大的满足感。洁净的海浪拍打着礁石，纯白的石头围栏边是粗拙的原木桌椅，小小的杯碟陆

色彩斑斓的瓷盘

卖冰淇淋的土耳其大叔

良辰美景,宛如初见

地中海岸的早餐

续摆放上来,鲜榨橙汁、腌制橄榄、杏脯、椰枣、带着蜂巢的野生蜂蜜、黄油、几种口味不同的奶酪、樱桃酱、坚果、浓稠的酸奶、蔬菜沙拉、面包、培根煎蛋……就这样沐浴着晨光,听着哗哗的海浪声,海天一色,无边无际,食物并不昂贵,而大自然恩赐的海景,奢侈得让人心醉。

奥林帕斯浪漫的鹅卵石海滩上,不知是谁用石子砌出城堡和巨大的心形。爱情走到哪里,都免不了美丽的示意吧。当日出把岸上大片光洁的鹅卵石镀成一片金色,你一定也想牵着一个人的手,并肩看看红日下的潮水。

奥林帕斯的海

【意外的伤口】

而不远处的树屋，那些建在树丫上的简易木屋，就像发生在森林里的一个梦，如鸟儿一般睡去和苏醒。我渴望在此停下脚步，与一个相爱的温暖的男子度过牧歌般的余生。花朵芬芳，氤氲缭绕，内心赤诚。

天黑抵达爱琴海边的小城库萨达斯，临海的小酒吧热闹非凡，于夜色中寻找旅馆。背着沉重的大包，在靠近海岸的水泥地上重重摔倒。旅途中这双人字拖鞋穿了太久，鞋底失去摩擦力，并且几乎磨穿，它再也不适合走路。

建在树丫上的简易木屋

就在昨天，洗完澡从浴池往外跨，不小心从砖砌的浴池边沿滑倒，整个背部皮肤磕着砖棱从上到下擦过，再重重摔到地板上。后背火辣仿佛要燃烧起来，尾椎因突然压迫而失去知觉，手掌撑着湿滑的地面，许久都站不起来。

我忍着满背的伤坚持背包与赶路，可是不到二十四小时，便再次惨痛摔倒，几番挣扎，卸下背包才能起身。我的呼吸紊乱，心情郁闷，好像除了糟糕的拖鞋，身体也在以频繁的失衡提醒我，停下来。你太赶了，世间之美，难以一一相遇。旅途与人生，遗憾在所难免。

我要在爱琴海边停留几日。

在小旅馆逼仄的洗手间里脱下衣服，把背对着镜子，艰难地扭过头观察背部的伤，满背的挫伤已经变成紫红色，那么大一片触目惊心。身体异常陌生，好像并不属于自己。

现在，背部的痛感已不像刚摔伤时那么明显，只要不去碰触，我几乎可以忽略它。或许，之所以可以忽略它，是因为新的腿伤分散了注意力，我没有精力处处自怜。

在旅馆花园里遇到来度假的伊朗一家，他们已经帮我用酒精冲洗了伤口，

包上了纱布。在此之前我竟然没有意识到自己正拖着一条鲜血直流的腿走路,血从膝盖流到鞋子里,脚底都湿了。我对肉身疼痛的承受能力超出自己的想象,痛感无处表达,唯能忍受。可是,当亲爱的陌生人替我包扎伤口时,为那遥远却亲切的温暖动作,我泪如雨下。

男主人帮我包好伤口,问也没问便知道我没有吃晚餐,让小女儿把食物和水果送到我的房间里,他似乎也聪明地猜到如果马上邀请我与他们共进晚餐会令我感到不好意思,而且应酬让人疲累。他的小女儿放下晚餐说,"爸爸说你应该好好休息,睡一觉就会好了,明天早上他再来看你。"

这一程,究竟受到了多少伊朗人的恩泽?在伊朗时自然不必多说,即使出了边境,在前往亚美尼亚的途中,也只有伊朗的货车司机为我停车,而到了土耳其,摔伤后给我温暖照料的竟也是来自伊朗的家庭。伊朗这个名字,对我而言,就像个挥舞着洁白翅膀的天使之名。

我站在镜子前看着自己伤痕累累的身体,背部没有开放式伤口,血淤而已,膝盖有点儿伤脑筋,这个每日活动的区域最难愈合,此时纱布已经被血渗透,背包把肩膀勒出两道红印,还有被阳光灼晒出的不均匀的肤色。看着这些,小心翼翼地拿毛巾沾冷水擦身洗澡,爱琴海边的自来水也是咸的,一流到伤口里就会蛰痛。

这是我的旅行,我选的生活,所有的意外苦楚怎么怨得了人?生命痛不痛?既然是苦旅,短暂、无常和无可避免的伤害都要坦然面对,继续纠结因果怨天尤人便是辜负了时光。

我不需要与人诉苦和抱怨糟糕的运气,仅仅需要,买一双新鞋。

我发现,镶着土耳其邪眼的手绳不见了,大约遗失在摔倒的路上。如果它真有魔力,如巴扎里的小商贩所说,或许它已经为我驱避过更为邪恶的伤害,跌倒反而是件小事。这样想的时候,反倒庆幸起来。

实在是,没有什么大不了的。我对着镜子咧着嘴笑了。

【我的伊朗家人】

12.我的伊朗家人

次日清晨,一打开门,便看见伊朗家庭的女主人在门前等我。她说,"我们都在等你吃早餐,我亲手做的早餐,快来吧!"

"可是,可是旅馆已经含了免费的早餐。"我疑惑不解。

她拉着我的手,不由分说来到花园里他们的餐桌前坐下。我同全家人一一问安,看到餐桌上是我早已熟悉的伊朗式早餐,红茶、酸奶、蜂蜜、果酱、烤饼。女主人说:"我们习惯吃自己做的饭。"

"不止呢。"她的小女儿接着说,"我妈妈坚持旅行时自带餐具,一刀一叉,碗碟杯壶,全是我们从伊朗带来的呢!"

这真是不可思议,旅行时带这么多东西,还包含一些原料食材,餐桌上的一切都毫不含糊。餐具精美,食物考究,他们对生活品质的要求,远远超出我的想象。不由得想到电影《Out Of Africa》中,那个带着留声机及莫扎特旅行的英俊男子,那是我对旅行最初的理解,它几乎是我远足的启蒙。

我应该修正一下之前对伊朗人民生活境况水深火热的误解。我在伊朗停留不到一个月,也许还不足以用肤浅的所见所闻概括真实的伊朗,可是我所接触到的当地家庭,对待生活的热情总是饱满而浓烈,完全不同于新闻报道令人产生的负面联想。我喜爱旅途带给我的对陌生环境与事物新的认知。

我在爱琴海畔使用精美的伊朗餐具吃着地道的伊朗早餐,回想着我那五十升的背包里装着些什么呢,我一次次地减少身外之物,最后仅仅剩下维持生存和继续走下去的必需品。几件换洗衣物、简单的药物、卫生纸、手电、指南针、绳子、军刀、锅、油盐、基本洗漱用品、护照、少量现金、纸笔、相机。人真正需要的东西比这还要少。我对待旅行的态度,似乎从生活趋向

于生存。记不清从什么时候开始,可以忽略对舒适和美感的本能需求,随遇而安,解决问题简单迅速,我想这可能是一种对陌生环境和未知产生的安全感吧。旅途本身就像一场盛宴,未知带来的惊喜和感动,几乎让人意识不到匮乏的行走状态中的不堪。没有刻意的穷苦,我只是,不曾有苦感。

吃完早餐,男主人要检查我的伤口。纱布被血凝固粘牢,撕不下来,他轻轻动一下,便要抬头看看我的表情,怕我受不住。我笑着说,"来吧,没事,今天不会哭了。昨天,我是真的想家了。"

"原来这样啊,既然离中国那么远,这几天我们就当你的家人吧。中国人怎么称呼父亲?"他一边揭着纱布,一边问。

"在中国,我们叫父亲为'爸爸'。"

于是,在那几日,我以中文称呼他们,爷爷、奶奶、爸爸、妈妈、姨妈、妹妹。我的旅途从来没有这样热闹过,我们总是谈论伊朗,就像那是我们共同的家。

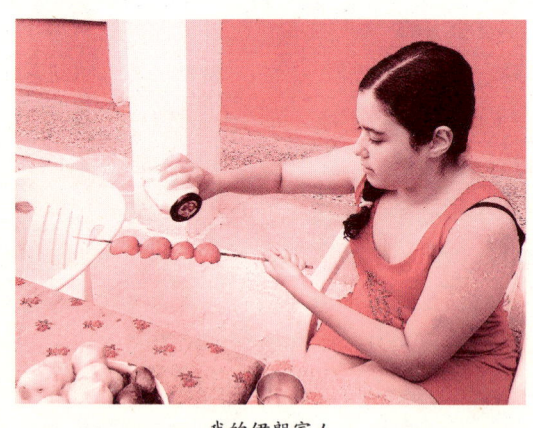

我的伊朗家人

一家人大部分时间都在海滩上晒太阳,对伊朗女性来说,能够裸露肌肤享受日光浴实在太奢侈。两个白皙丰满的女儿,把肩部和背部的皮肤晒得发红蜕皮,她们说最想看一看1979年革命前的伊朗,那时的女性可以随心所欲地穿衣,至少不必穿着厚重的黑袍子在海边戏水。年轻的伊朗女孩,在爱琴海边,好像要把一生的日光浴都晒尽似的。

我们去逛露天的集市,女人们挑了许多性感轻薄的衣物,放在身前比划着,想象着,眼睛里满是对美丽的喜悦。它们被带回伊朗后,自然不可能公

我的伊朗家人

开穿着，但是依旧买下许多。我曾见过私人家庭聚会中的伊朗姑娘们，性感的尺度甚至超出我的底线。电影《我在伊朗长大》可能是许多伊朗女性心理的真实写照。又想起大不里士的旅馆老板对我着装的严苛监视和乌鲁米耶麦丽亚家庭的保守，这个国家的人民对宗教与政治的信仰臣服，以及对自由的渴望，那样矛盾地交织着。

全家人帮我挑了一条连衣裙，执意让我试穿。清透洁白的棉麻质地，裙摆上有手工的花朵刺绣，小小的浅粉色雏菊，好像能嗅到洁净的初夏。我知道不可能买下它，它不适合我的旅行方式，我无法穿着它长时间背包或席地而坐，并且，在中东诸国，无疑穿这样的裙子是不够妥当的。我只是在大家的期待中欢喜地试穿，背部大片裸露在外，V形的领口开得很低，膝上的裙摆间刺绣若隐若现。尽管腿上还缠着难看的纱布，但我还是为镜子里白裙下的自己感到惊讶，我有多久没穿过好看的裙子了？心底一下子柔软地开出花朵。

羞涩地从布帘后面走出来，伊朗妈妈微笑着说，"这样才像女孩子！"大家一番打量，调侃我好像变了一个人似的。可是当我一转身，他们却一同发出一声惊呼，不是赞美而是惊恐。我慌忙检查自己哪里没穿妥帖，"怎么了？哪里不对吗？"我一头雾水地问。

伊朗爸爸走上前，仔细看了看我那裸露的后背，"你的背怎么也受伤了？"

我忽然想起来，前几日在浴室跌伤的后背，大片紫红色的挫伤。它不太痛，我便几乎忘了它。我傻笑道，"洗澡时不小心摔的。"

大家围拢过来，发出各种唏嘘，奶奶用她颤抖的手抚摸着我的脊背，她不会说英文，我立即转过身向她摇头解释一点儿也不疼，可是她那长着细密皱纹的眼角还是湿了。奶奶把我搂在怀里，就像抱着一个脆弱无依的小孩儿，轻轻摩挲。

这种温情的交流总是让我尴尬，在我的成长经历和生活环境中，爱虽然从不缺失，可是我们鲜少表达。我与父母之间似乎不曾有过亲密的拥抱，我

们也不说爱字,不在对方面前掉眼泪,彼此牵挂却很少主动密集地联系。随着我的成长,家人之间的爱越发地节制和含蓄。牵父母的手,已经是很多年前的事情了。

我轻轻从奶奶的怀里挣脱,慌忙躲进布帘后换下裙子。对爱意的回避,成了多年来交流的障碍。换好衣服,发现他们已经付完钱,店主把我脱下的裙子装进纸袋里递给我。

我不能要这条裙子,我向伊朗爸爸解释,它很美,但我很少有机会在旅途中穿它。

"也许有一天遇见你爱的人,可以在约会时穿上它。不过要等你的后背完全好了以后哦。"他笑道。

"好吧,如果能遇到的话,这实在太难。"我也笑了,突然想起不知在何处的顾。我转向店主询问价格,然后对伊朗爸爸说,"我把钱付给你。"

他把宽厚的大手搭在我肩上,"这是爸爸送给你的礼物,收下吧。"

一家人围着我,每一个人都微笑着向我示意,收下它。我在心里对自己说:"不许哭……不许哭。"赶紧大步迈进阳光里。

晚上,在旅馆花园里架起炭炉烤肉,不知道什么时候他们已经买好了各种食物,吃饭从来不要我花一分钱。我溜出去,从海边的超市里抱回一大袋水果、果汁、甜点,悄悄放在餐桌上。伊朗爸爸看到,责怪道,"不许再乱花钱。"他的样子就好像我的父亲每次埋怨我买给他的东西太贵,微微皱起眉,既心疼又生气。

在旅馆花园里烧烤

我已经不是个孩子,有

我的伊朗家人

独立的经济能力支付旅行的开销，伊朗家人对我这样没有原则的照顾，实在令我羞愧。

"我们明天去伊兹密尔，不妨跟我们一起旅行吧，这样也方便照顾你的伤口。"伊朗爸爸说。

我看见红红的炭火照着他慈祥的脸，细密的汗珠挂在他的额上，他双手正忙着烧烤，微微侧过头，等待我的回答。这个邀请多么令人心动，事实上我一刻也不舍得离开这个温暖的家庭。眼前的男人像对待亲女儿一样悉心照料我，几度令我心头酸楚。有时候我竟产生恍惚的错觉，好像回到童年遥远的家乡，一醒来便能看到爸爸在床头为我凉好一杯白开水。我何以得到如此溺爱？

一时从胸腔涌起一股不能抑制的痛，说不出话来，只是默默用纸巾帮他擦了擦额头上的汗，他脸上还有不小心碰到

伊朗爸爸

的黑色炭迹，擦了几下，却越发明显。我看着他脸颊上猫须般的痕迹，笑着掉下眼泪。

前路迢迢，告别有期，怎么可能始终追随溺爱而去？生活和旅途需要独自面对的时刻那么多，那么多，我不能贪婪地沉浸在爱与保护之中。

"我要去伊斯坦布尔。"我说。果断地回绝后，半天都无法跟他说话。我们彼此认同亲密的身份关系，分别来临得太快，竟叫人不知如何相对。

随后，我干了一杯又一杯酒，趴在桌上痛痛快快地哭了一回。我与父母之间压抑的情感倾诉，在那一刻，多想亲口说出来。

第二天中午，趁他们忙忙碌碌收拾行李时，我跑到海边去，我就是不想

跟他们告别。与他们相处的短短几日里，我不只一次有过立即回家的冲动，每回急切地拨通家里的电话，听见爸爸在那头几乎相同的回答，"我和你妈妈都挺好，身体无碍，不要担心。"不知怎么的，心里还是一阵一阵地酸楚。

计程车途径海岸，伊朗爸爸从车窗里探出头来叫我，与我相握。我迅速在便条纸上写下中国的地址和邮箱，塞给他，我说，"如果来中国，找我。"

"在厨房冰箱里帮你留了食物。"他最后的话。

【服务生 阿里】

13.服务生阿里

旅馆老板对我说,"你必须今日 12 点以前搬走,因为后面几日的房间早前已被预订一空,这个情况在你入住时我已经告知过你。"

他的要求听起来有些冷漠,但它合情合理,我没有意见,只是我的腿,情况似乎还不太好。于是我努力央求老板容我多住两日,睡在哪里都行。"你瞧,我在亚美尼亚时,也是住在院子里,我只需要一张小床,一块木板都行,我都无所谓的,请不要让我现在就走,好吗?"我翻出相机里在埃里温 Rida 家拍的照片,睡在一片葡萄树下。

他一本正经的表情忽然松懈下来,取笑我是赶不走的客人。他把天台上储藏室的钥匙给了我,"上去看看,如果不嫌弃的话,你可以住在那里。"

我兴奋地跑上楼,简直顾不上腿疼。小小的储藏室整齐地码着布草和耗材,靠墙有一张单人床,床头开着一扇小窗。推开窗户向外望,那一刻我几乎喜极而泣,那片蔚蓝洁净的爱琴海啊,似乎就在枕边,我只需支付低廉的费用,便可在浪漫的潮水中入睡。这个小仓库于我而言无疑是个意外的礼物,我在这狭窄的空间里不由自主地转起圈来。你瞧你瞧,我总是被世界小心地呵护与怜悯着。正开心着,一不小心撞进一个人怀里,是

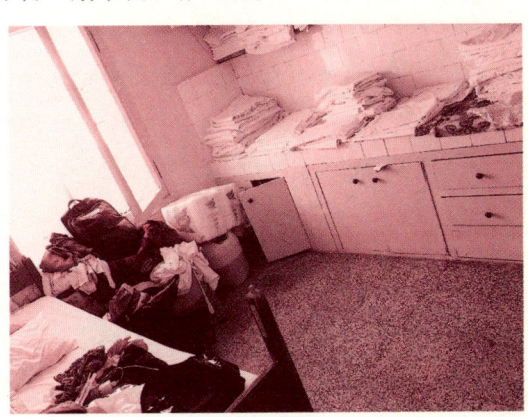

我住的储藏室

69

良辰美景，宛如初见

服务生阿里，进仓库取东西，他傻傻地看着我，完全弄不懂我在瞎快乐什么。我笑嘻嘻地跟他道歉，然后像个醉鬼似的跌跌撞撞晃到门边，因为抑制不住激动，转身朝他扬手送出一个飞吻，一溜烟儿地跑下楼。

旅馆老板在花园等我，"看起来你的腿已经不疼了。"他调侃道。

被他一提醒，我低头去看膝盖，新换的纱布又渗出黄褐色的血迹，我故作痛不欲生地叫起来。他过来揉揉我的头发，"好啦，别装啦，仓库是你的啦，想住多久都行。"接着他又冲楼上叫道，"阿里，下来帮这个受伤的中国姑娘拿行李。"

阿里像风一样跑下楼，还是一副摸不着头脑的茫然样子，依吩咐把我的行李搬上天台。"什么？你要住在储藏室里？"他问。

"过来看，这里是全旅馆最好的观景窗，爱琴海真美。"我边说边拉他到窗前去看海。

"啊！这里一直是我最喜欢的秘密角落，没事的时候我都会来这里看海，晚上躺在床上就能看见海上的星空。"他说。

"原来你早就发现这里了？哦，对不起阿里，我要占用几天你的秘密角落。"

"没关系，我可以在天台上睡。"他害羞地笑了。

夜里，我平躺在床上，看见窗外深蓝色的星空，洁净明朗，仿佛触手可及。海潮拍岸，昆虫鸣叫。这样的夜，在中国城市里难以见到。我不忍入睡。

多年以前，我在沙漠里曾经见过，那晚的星空也是深海的颜色，幽远的蓝。穿越一片荆棘地，砂子细腻宛若月光下新娘的脸庞。一个人大胆地往沙漠的腹地走去，天地浩瀚，美不可言。那时候，那时候我还被人爱着。远处出现忽明忽暗的头灯，有人寻了过来。不要走太远，安妮。他说。

忽然响起一阵敲门声，阿里在门外叫道，看啊，有流星。

打开门，见他在天台上露宿，于是我也把被子抱出来，在一张旧地毯上坐下，仰起头在海风中寻找流星。

【服务生 阿里】

这是我第一次看到流星,拖着长长的尾巴,急促地划过天空,落在漆黑的海的另一头。像坠落的烟花灰烬,转瞬即逝。每当阿里发现一颗流星,雀跃地指给我看时,我只能看到那即将滑落消失的燃烧的光迹,还来不及喜悦,便无由地惆怅。人总是对恒久怀有不切实际的憧憬,烟花璀璨却易冷,流星瞬间燃烧殆尽再无迹可循,短促的美难免叫人落寞。

一时竟忘了许愿。

在天台上睡到天明,于海潮声中醒来,趴在栏杆向花园张望,阿里已经换上制服正为客人准备早餐。他抬头看到我,便端着托盘跑上天台,送上来红茶、面包和鸡蛋。坐在地上跟我一起吃早餐,兴致很好,聊了许久,直到旅馆老板在花园里发出一声愤怒的叫喊。

阿里时常像个孩子一样单纯稚气,因此常能听见旅馆老板四处寻他。他倒是一点儿也不介意,一会儿溜到集市上陪我买新的拖鞋,一会儿骑摩托车载我去看古城墙。

我住的储藏室不能洗澡,阿里悄悄打开一间暂时空置的客房让我使用浴室,他在门口放哨,佯装打扫房间。我以为偷偷洗澡这件事干得隐秘安全,可是没多久,旅馆老板便去储藏室找我,他问:"这是你的钱包吗?里面有你的护照。你的钱包为什么会出现在其他房间里?"我努力挤出一丝尴尬的笑容,望着我那洗澡时遗忘在客房里的钱包,实在不想承认这是自己的。他长着一张棱角分明略显冷漠的脸,大部分时间不苟言笑,我都不敢多看他一眼,低声说:"我就是特别想洗个澡而已。"这严肃的老板却哈哈大笑起来,"洗澡不用付这么多钱,快把钱包收起来吧。"这人看上去总是不够温和,嗓门大爱骂人,实际上好得没有底线,我大约能猜到阿里为什么不怕他了。

我欢喜地接过钱包,道谢后随手扔在床上。他反问,"难道不数一下钱对不对?"

我仰起一张茫然的脸,傻笑着说,不用了不用了。

一方面,我并不清楚自己有多少钱,多年来的积蓄以及旅途中携带的费

用,从来没有清晰的数目。几年前印度才走到一半,猛然发现口袋里再也翻不出一卢比,着实紧张了一番。另一方面,遗失的钱包被送回来,自然对其持有一份美好的信赖。处在一个信任危机的时代,要去相信因果和人性。

临走那天,打包好行李,把腿上的纱布揭开,睡在花园的躺椅上晒太阳,因为准备坐夜车去伊斯坦布尔,时间宽裕还能打个盹儿。两个服务生在身旁一边折餐巾纸一边小声地讨论我那裸露的伤口。午后的阳光令人倦乏,我昏昏欲睡。迷迷糊糊地看到阿里端来一杯水,另一个服务生正举着一勺子奶油状的东西。他们站在我面前,挡住了我眼前的阳光,我眯着眼睛疑惑不解。他们两人对望一下,突然行动起来,往我的伤口上泼冰水。我虽有疑问,倒也由着他们,冰镇的感觉很舒适。我猜想他们刚才研究出了一种奇特的土法,正在实践。

这几天我瘸着腿进进出出,手上只要提着东西,就会有人上前来帮忙,小花园里一共只有三五个服务生,早已与我相熟。我睡在天台上的储藏室里,也不锁门,他们总是一边说着抱歉一边进来取东西。

淋完冰水后,他们把那奶油状的东西抹在我的膝盖上,厚厚的蓬松的,像一朵大蘑菇。我笑道:"这是什么?可以吃吗?"

阿里严肃地说:"你应该留在土耳其,不要继续走。"

"留下来做什么呢?养伤?我猜涂了奶油后明天就会好。"

"结婚。"他认真又干脆地说。

我吐了吐舌头。

他坐在沙发扶手上,语气温柔起来:"这是我哥哥的旅馆,他有两家店子,我在这里帮忙。我今年24岁,不久便会去伊斯坦布尔开始新的工作,我是学设计的。你瞧这花园,就是我的作品。"

我礼貌地环顾了一下花园,可眺望爱琴海,正中种着一棵枝叶繁茂的大树,清晨大家在树下喝茶吃早餐,偶有树叶落下。篱笆上爬满绿藤,开着不知名的粉色花朵。角落里随意放着几个古旧的石槽,盛着清水,内壁长出嫩

【服务生
阿里】

绿的苔藓，水面上飘着白色花瓣。岩石下水声潺潺，蓝色的土耳其邪眼挂在檐下，铜铃清脆，回廊清幽，闹中取静，不算惊艳，却有独具匠心之处，令人放松宁静。

"我们一起去伊斯坦布尔生活。"他吐字清晰明快，因为自信而毫不紧张。

另一个服务生对此甚为赞许，激动得开始鼓掌。

年轻真好啊，我从心里发出感叹。我的 24 岁，也如这般无所畏惧，活得恣意浓烈，不留余地。只是时光骤然远去，回想起来，恍若隔世。

我已经很久不会去想那里的日子。

越南注定是心头一块突兀的伤疤。

24 岁那年，拖着一只硕大的皮箱，第一次出国，去往越南工作。在那个狭长炎热的国度，开始一段疲惫不堪的恋情。持续三年，几乎挥霍耗尽对爱的幻想和勇气。不被祝福的爱情，结局难以收拾。最终他采用冷漠而决绝的方式离开，此生不再相见。

我相信自己并不纠缠往事和拘泥情爱，走错的路即使难以回头，我也会努力一步步试探新的出口，投身于崭新生活的态度和速度，有时令我自觉薄情。对遗憾了然于心，能做的只是及时清空。

伤会痊愈，无论在心里还是在膝上，最终都不会再疼。创口消失，只留伤痕，在岁月中越来越淡。那么，便遵循自然的规则，不再时时翻出，顾影自怜。自然界有它的道理。

我的背包已经整理好放在院子里，用不了多久我就会离开这里，我不会跟他结婚，也不会多滞留一刻。我的 24 岁早已远去，独自淌过命运的河流，无法被引导、阻挡、逆流。任性所带来的代价巨大，对待感情的态度被迫走向节制自持。慎重而成熟地爱一个人，延续一段彼此甘愿承担的感情，是最好的方式。

阿里在便条纸上写下他的邮箱地址，递给我后又拿回，在后面补写一句："我爱你"。

良辰美景，宛如**初见**

不可否认，被爱是一种身心愉悦的感受。我们似乎生来害怕被忽略，与人建立联结的过程中，渴望被重视与谨慎相待，否则那虚弱的存在感好像会随时消失。我用了很多年来校正自身与世间事物的关系，与它们赤诚相待，即使月下独饮，无人相看，亦不应失望怨怼。而一场无意回应的爱，终究只是对方一个人的事情，纵使万千眷顾，也与己无关。

"将来，你可会记得储藏室里那个秘密角落？那装满海水的窗口？"他问。

"一生都不会忘记。"我想起夜里，窗外那璀璨的银河在海潮声中熠熠闪烁，生命中得以见到此景的机会寥寥无几，如何敢忘记。

阿里执意帮我背包，送我去马路边等公交车。很久未见车到，我对阿里说，你回去吧，我可以一个人等。他不肯走，一定要亲自送我上车。这种恋恋不舍，显得不合时宜，我心有感动但刻意平静地说，阿里，谢谢你的照顾，可你知道，路还很长，我还得独自走，你不能永远陪伴和相送，所以，现在请你把背包给我。

我看他的神情，就像长者看一个孩子，带着一种需要他服从的旨意。他真的不再抵抗，把背包还给我，低头沉默地往回走。

车缓缓开来，我伸手拦下，先把背包递上去，然后忍着屈膝时的疼痛，大力攀爬上车。车上人少，司机见我有伤，专程把我送到了长途汽车站门口，不用我步行穿过马路。

14. 转身便各自天涯

买好车票,我在汽车站的长椅上坐下,膝盖伤口开始流脓,不知是否中午的奶油药膏作用。脓水流经小腿,浅褐色的黏液一会儿就干了,一道一道的痕迹挂在腿上,看上去触目惊心。我一直认为不够严重的皮外伤,似乎正在慢慢恶化。

几个当地人围过来开始议论我的腿,指着我的伤口,满脸疑惑。又过了一会儿,终于来了两个会讲英文的大妈。

"你父母呢?你男朋友呢?你为什么一个人?你要去哪里?"

"伊斯坦布尔。"我说。

"把你的车票给我。"

我从口袋里摸出车票递过去,大妈转身径直去了售票窗口,回来对我说,"我正帮你退票,你这样子不能一个人去伊斯坦布尔,你跟我回伊兹密尔,我的朋友是医生,你住在我家什么都不要想,我朋友会帮你治疗。若不治疗,你的腿会被截肢。"她用手掌比出一种砍断的姿势。

我笑起来,想起小时候因为便秘不肯就医,医生威胁道,你若不吃药肚子明天就会爆炸,砰的一声,吓得我连忙把药丸吞下,都不用喝水。

这的确只是皮外伤。不过是挫伤较深,愈合稍待时日罢了,我甚至已觉察不出明显的疼痛感。围观的人群个个比我还紧张,仿佛疼在他们的身上。来自陌生人的关怀,令我感动不已,但我必须离开前往伊斯坦布尔,我的签证即将到期,要从那里坐飞机去黎巴嫩。

我郑重地向土耳其大妈承诺,抵达伊斯坦布尔便立即看医生。我不能停留,不能去她家。这承诺在我心里真实有效。

　　大妈转头对围观的人群说:"你们看什么呢?还不去拿点儿食物和水,不能让这中国孩子没人管!"

　　我受宠若惊,从座位上弹起来,来回走了几步给他们看:"瞧,我好好的,我能走路和照顾自己,皮外伤很快会好,真的没什么大不了。"我为大妈强大的爱心和领袖式的发言惊呆了,眼泪都快掉下来。

　　汽车站里泊着几辆大巴,通常土耳其的长途大巴上提供免费的饮料和点心,一个工作人员从车上拿了果汁和蛋糕给我,又问:"想喝点儿热茶吗?或者咖啡?"

　　这种意外的关怀令我局促。我对这个场面感到迷惑,我不过是在此候车,怎么突然吸引了这么多人,就像围观一只落难受伤的小鸟。他们的热忱超出我的想象,虽然感动,却很不安,不知如何应对。

　　接着,售票窗里的大叔骑着摩托车出来,他要载我去医院。不由分说,在众人殷切的注视下,我坐上了摩托车。

　　医院建在山顶上,刚好俯瞰爱琴海。西边即将落山的太阳把临海密集的民居染成一片粉红,海水清澈湛蓝,浪花击打礁石碎成白色的泡沫,哗哗地响。难得山顶观海,天宽海阔。我这个小小的伤口,似乎一直在内疚地回报给我各种惊喜。从我摔倒的那一刻起,从未抱怨过它,我无意让自己显得狼狈或楚楚可怜,但是它突兀地存在,让我意外地受到许多善意的关注,看到更为独特的景致与别样的世间情感。

　　医生揭开我腿上的纱布,疑惑地研究了一番,"你在腿上涂过什么?"她问。

　　我回顾阿里中午抹在伤口上的东西,脱口而出,"奶油!"

　　她洗掉一些"奶油",皱着眉头说,"砂子残留在伤口里,已经感染,你应该早一点儿来医院清洗。创伤处理并不只是简单的止血,拖延治疗是不明智的。"

　　她用大量的药水冲洗沾拭,洗净血痂、脓液、药膏、砂子,直到一片白

转身
便各自天涯

花花的肉露出来。售票大叔在一边看不下去,赶紧把头转向一边。我记得我也曾经害怕看见伤口的创面,怎么现在敢于无动于衷地直视它了?

清洗完伤口,腿上包着厚实夸张的纱布,坐在爱琴海畔,看拍摄婚纱照的情侣站在绚烂的落日下。新娘好看极了,简单的发髻,简洁的礼服,没戴头纱,身材高挑,很像雅典女祭司。她并不故作甜美,即使镜头对着她,也视若无物。一旦摄影师停止按快门,新娘便点燃香烟用力地吸上一口。她倚着栏杆对着落日抽烟的样子实在太迷人,旁若无人,醉生梦死。比许多摆出幸福姿态挂着甜蜜微笑的新娘都要迷人。生活,无需扭捏作态。如果我是摄影师,会拍下这样的她。

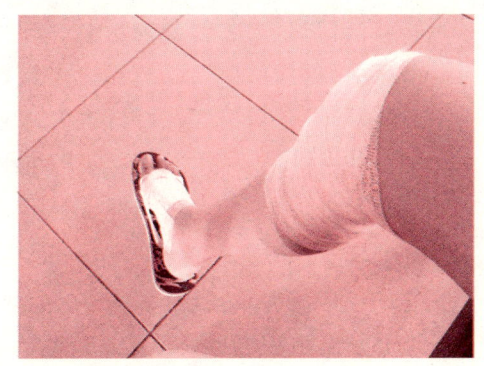

腿上包着厚实夸张的纱布

赶回车站,还有15分钟发车。

忽然听到有人叫我,是顾的声音。心跳迅速加快,慌忙回头在人群中寻找,是幻听吗?是吗?虽然安妮这个名字极为普遍,但是顾的声音,我是认得的。

穿过人群,循着声音的方向,我真的看到他。只是,在他身边还有一个姑娘,她轻轻挽着他的胳膊。

那姑娘长得温婉动人,眼角一粒小黑痣,好像一滴眼泪,惹人怜爱。我冲他们笑笑,她十分细腻敏感,找了个去洗手间的理由,独自走开了。她讲英文,是个韩国姑娘。

剩下我跟顾站在那里,半天不知道说什么。我甚至没有抬头看他的眼睛。心头百感交集,我想象过重逢的种种画面,都不是这样。这重逢并不意味着缘分未尽,只是为了给我答案。

他说,我给你看个东西。

一张卷起来的小纸条,打开来看:"我几乎爱上你,可是在路上,一转身,便各自天涯。"纸条上的透明胶布已经陈旧,沾满灰尘。还是那一张,在马苏雷,被我顺手贴在了窗子上。

我应该好奇地问一问为什么这张纸条又回到他的手中吗?可是我知道答案已经并不重要。不重要了。低下头,我轻声地说,顾,对不起,对不起。

我走过去轻轻地拥抱他,把下巴搁在他肩上,像第一次相遇在伊朗设拉子的警察局外。那一天我连他是谁都不知道,就在他肩上哭了一阵。今天,鼻腔虽有酸楚,却能抑制。我为重逢而高兴,为他在旅途中寻得爱情而高兴。我的那一点点遗憾,尘土一般落下,几乎看不见。

短暂的一个拥抱,把数月来对重逢的期待与想象全部交代完毕。现在我只需按一下脑中的 Delete 键,就能把关于他的一切清零。哪有非说不可的千言万语啊,再动人的情话都敌不过时过境迁。

他说,我当晚重返马苏雷寻你,你已离开。

什么都不要说,顾。一切自有因果。如今到来的一切,皆因早已埋下伏笔。

如果当初我保留字条,往那个邮箱里偶尔写一封邮件,会是另一种情形么?谁知道呢。把他唯一的联络方式顺手遗弃的女人,自然也不必有所期待。

我不需要发生在旅途中的暧昧关系,亲密关系应该得到善终。"几乎爱上你"这样的表达,除了笑一笑,着实不能认真,兀自陷入悲情的泥沼。所有的发生,是因为已经做出了选择。我喜爱他的矜持自重,但不能回应他的模糊和迟疑。

重返马苏雷寻我,所有的电影都会这样拍吧。一步犹豫,步步错过,遍寻不见,相逢已迟。生活简直是一场闹剧。幕布拉开,不由得为编剧的幽默前仰后合,哭笑不止。

他穿了件领口洗变形的白 T 恤,肩膀处有些脱线,指给他看,两个人都笑起来。

顾说,第一次见你的时候,觉得你就是个脆弱无依的孩子,后来发现你

转身
便各自天涯

却一直像个男人，不表达，不索取，不露声色。

我说，如果"像个男人"是一种赞美的话，我乐意接受。

他永远不会知道，在那些孤寂旅途中，我在一个陈旧的记事本上写过许多封信给他，那些信字迹潦草，难以辨认。我却随身携带，如同将他安放在身边。他不会读到它们。

旅途中，唯一的一场雨，在马苏雷。我念念不忘烟雨中的山峦，积水成瀑，倾流而下，波斯地毯上花团锦簇，凉风中茉莉清幽，夜色静谧如诗，与君心照不宣，这便是最好的时光吧。

他低头看见我膝盖上的夸张滑稽的纱布，刚想张口问，我提前打住说，摔了一跤，没事儿，医生包扎得太浪费。

"什么时候摔的？"

"前几天，记不清了。"说完，我开始环顾四周，寻找我的那班巴士。我无法与他讨论这个伤口，虽然在我看来，旅途中的皮外伤在所难免，我并不十分重视，可是，人是那样的奇怪，独自一人什么苦都能捱，一旦被亲密的人或在乎的人关怀时，就立刻脆弱解体，疼痛被放大，只有安慰才能缓解。如果他再多问一句"疼不疼"，我那不露声色的防线就会决堤。我担心自己会哭着跟他说，伤口不能沾水洗澡很麻烦，走路会有撕裂感，血水总是渗透纱布以致于根本无法穿长裤，今天被医生责怪为什么感染了才来医院。我害怕，只要他再进一步，我便会像弱者一样展示可怜之处，用尽全力，乞讨怜悯和感情。

这时我找到了去伊斯坦布尔的巴士。

顾，我的车来了。

我们站在混乱闷热的汽车站里，暮色轻合，人群熙攘，行色匆匆，大家目标明确，时间有限，容不得迟疑。那么多那么多的人，鱼贯穿行在生死轮回的路上。人们告别，重逢，再告别，可真正的分别终会来临。

他说："你要按时吃饭，把钱分开放，别逞强，照顾好自己……"

不表达,不索取,不露声色。我不能够掉一滴眼泪。于是大步向前。

我若已经爱上你,为何在路上,一转身,亦各自天涯?

夜车上极冷,用围巾包裹裸露的双腿,仍无法入睡。

遗忘并不难,只是需要些时间,反正日子总在继续,用不着刻意。痛是自然会有的,除了给它时间消退,还能卯足劲儿做什么。

我不应试想在路上遇见爱情,无疑浪迹天涯最能修饰爱情的浪漫,可是爱情一旦离开旅途这新鲜神秘温暖湿润的沃土,在贫瘠干涸的市侩之中,是否还能开出花朵。也许我所想象的诗意的爱情,只是一场短暂无常的花事,一夜骤雨,落英缤纷。这样想的时候,就会把与顾的相遇和怜惜当成美丽的错误,痛,是因为糊涂。

我看见车窗上映照出自己的脸,窗外是像电影胶片一样迅速拉开闪现的小镇灯光,瞬间又驶入深深的黑暗。顾的样子已经模糊,又好像是,我从未认真地看过他的脸和与之对视。他对我而言,始终不够具体。于是我想,很快我便不会再记起他。

半夜,巴士停靠,我要在背包里寻找一件外套御寒,慌乱中拉出来的却是伊朗爸爸送的白色棉麻连衣裙,柔软地缠绕在手上。"也许有一天遇见你爱的人,可以在约会时穿上它。"我的胸口疼痛起来,人海茫茫中重逢是那样的难,而世事的变迁却急促得不容迟疑,还来不及一袭白裙给喜爱的人看。我始终是,一个像野草一样强韧无谓的姑娘。

匆匆把裙子塞回背包中,找出外套裹紧身体,去餐厅里吃东西。虽已夜深,里面仍然非常热闹,几个白胡子的大叔欢快地削着烤炉上硕大紧实的土耳其烤肉,油滴入高温的铁盘中,发出滋滋的声响。炒豆子的年轻人执意要送给我一捧烫手的不知名的豆子,我反复地向他微笑道谢,把它们塞满外套的两个口袋。甜点摊位前,光是闻到味道就知道甜度不可思议,这是中东人喜爱的甜腻食品。餐厅里到处热气腾腾,人群熙熙攘攘。食客们的脸上带着一种长途奔波睡眠不足的倦容,看不出一丝悲喜。混入其中,被喧闹的声浪

【转身便各自天涯】

包围,情绪很快得不到照看,目光和心思为寻一刻短暂的饱暖而忙碌,我在人群里深吸一口气,迅速投身于热烈的生活之中。一处疏于关注的伤口,也许有意想不到的自愈能力。

15.寻找一座城市的记忆

清晨抵达伊斯坦布尔,天还没有完全亮,灰白色的天空下,马路宽阔,时尚高耸的现代建筑与饱经沧桑的历史遗迹交错矗立,大大小小的清真寺随处可见,晨雾中最引人注目的是繁多而壮观的宣礼塔,那样的多,这是一个被称为"宣礼塔城"的巨大都市。

把背包卸在市中心一家日本小旅馆的门前,它的名字叫做"Tree Of Life"。大门紧闭,时间尚早。我在台阶上坐下,等待中国来的徐姐姐。我们之前并不相识,仅仅有过几次网络联系,约定在伊斯坦布尔见面。她没有住在小旅馆中,但是这里位置明显容易寻找,我们便相约在此。

她把签证的十五天停留期全部用在了伊斯坦布尔。只是在这个城市。这样地爱一座城。

博斯普鲁斯海

【寻找
一座城市的记忆】

巴士驶过清晨无人的市区街道，城市寂静沉睡，活色生香的都市幕布尚未拉开，可是不难察觉这将繁华大气与古典精致演绎到极致的奢华气质，独一无二不可复制，一座城，便是一部浓缩的小亚细亚历史画卷。

伊斯坦布尔是土耳其最大的城市，也是世界上唯一横跨欧洲与亚洲的城市。历史上曾先后被称为拜占庭、君士坦丁堡，1453年被土耳其人攻陷，更名为伊斯坦布尔，之后不久奥斯曼土耳其曾迁都于此。这座历史名城，地理位置优越，是连接欧亚非的咽喉要道，在黑海、地中海、印度洋的交通地位举足轻重，博斯普鲁斯海峡控制黑海的出入，自古便是交通、军事、商业、宗教重地。如今伊斯坦布尔仍是土耳其最为重要的文化、经济、金融中心和著名的旅游胜地。

刚睡醒的旅馆服务生哗啦一声打开大门，我连忙起身，向他借用洗手间。背起包穿过狭窄的过道和楼梯，走进女生的多人间。几张铁架高低床，陈旧破损的海绵床垫残留着不明来历的污迹，有些已经严重塌陷。地板看上去很久没有打扫，像废弃的仓库一般堆积着旧报纸、遗失的旧袜子和厚厚的灰尘。洗手台的龙头滴滴答答地漏着水，马桶边沿沾着污渍。我以为无人住宿，可是洗漱完毕从洗手间出来，却看到房间正中坐着一个日本女孩子，一只手举着小镜子，一只手认真地描眉。我们看到对方，都吓了一跳。

许多日本姑娘有这样的共同点，选择便宜的居住条件较差的旅馆，忍耐肮脏和简陋，但对待自身穿着打扮丝毫不会懈怠。经常看到早起的日本姑娘，花掉很长时间为自己化妆。

她身上散发出暧昧的佛手柑与茉莉花香混合的味道，与这黯淡陈旧的房间格格不入，可是她已经在伊斯坦布尔住了两个月。这座城，究竟如何叫人此般迷恋？

她给自己涂上香艳的口红，点燃一支纤细的香烟，抿嘴一笑，她说，你相信么，伊斯坦布尔就像一个前世的情人。

与一个城市的恋爱。

良辰美景，宛如初见

她妩媚的笑容，如颓废死寂的院落里开出的一朵娇艳玫瑰。为一座带着前世印迹的城市而盛装独行的女子。我对伊斯坦布尔好奇起来，可我的签证即将到期，两天后便要飞往黎巴嫩，有些故事和景致注定就此错过。

徐姐姐匆匆赶来。她说，我带了一些药给你。一边从小袋子里取出碘酒、红药水、酒精棉球、纱布、胶布、创可贴，全是从中国带来的。未曾谋面，但她惦记着我的腿伤。

旅行似乎能够迅速缩短陌生人之间建立认识和信任的过程。人们在路上彼此信赖、陪伴、关怀、温暖、相爱，然后仓促地分离，一切合情合理。

年轻英俊的土耳其沙发客也叫阿里，虽然这个名字在伊斯兰国家极为普遍，当我微笑着说"你好，阿里"时，脑海里还是浮现出了爱琴海畔小旅馆里那个跟我同看流星的阿里。突然对眼前的阿里，产生似曾相识的亲切感。

阿里温和友善，顶着烈日高温来地铁站接我，白衬衣背后一大片汗湿的痕迹，不由分说地背起我的背包。他离婚后独自居住，接待沙发客的数量巨大。

他说，每个房间都住满了，抱歉只能委屈你在我的卧室里将就两晚。

我充满感激地冲他微笑。哪里会有委屈呢，这样的打扰倒是令我感到愧疚。让来自千里之外的陌生人免费住进家中，这份信任与收留，是路上最温暖的交流。正是由于这种感动，我记不清在中国的家中接待过多少陌生的旅人。他们离开中国后，常从旅途中寄来明信片，在除夕夜里发来祝福的邮件。我愿意相信，人在世上的际遇，是一个又一个因果的轮回。

阿里在不大的卧室床边铺开地垫，抱来清洁的被子，双手撑在地垫上试了一下舒适度，又说："地上太硬，你睡床上吧，我睡地上。"

"我习惯了睡地上，上床总是失眠。"我笑着撒谎。一边把背包里的换洗衣服拉出来，铺在地垫上，于是阿里不便再争，钻进厨房默默地做了早餐。

出门时，阿里追出来，交给我一张公交卡和一部旧手机："有什么问题记得打电话给我。"他是那样细致而温暖的男人。

我把阿里家附近的主要街道和建筑物拍下照片，以免迷路回不了家。这

【寻找
一座城市的记忆】

一片民宅看上去非常相似,我知道自己只要闭上眼睛原地转个圈便会找不到方向。

用一个小时乘坐地铁和电车穿过伊斯坦布尔的欧洲区,抵达博斯普鲁斯海峡,欧洲与亚洲隔海相望。

岸边泊着往返欧亚的摆渡船和穿梭于海峡的华丽游轮,大片的鸽群从蓝色清真寺的巨大穹顶上空起飞,发出哗啦啦的振翅声响,在海边盘旋觅食。

沙发主阿里做的早餐

垂钓的英俊男子,优雅地扬起渔竿,一条纤细银白的小鱼跃出海面。而一只干净漂亮的流浪猫在装鱼的小红桶前徘徊许久,终于探出前爪趴在桶的边沿,男子转身微笑,取下鱼钩上的小鱼放在地上喂它。海面波光粼粼,金色的阳光下,这一幕温馨和谐,叫人停驻不前,不舍离去。

桥洞下,小商贩们兜售廉价的衣帽和小食,著名的鱼汉堡摊子前生意兴隆,于是欢喜地在人群中排队买一个吃。

电车车身上印刷巨幅的笑脸

电车的车身上印着巨幅的笑脸,当它从桥面上驶过,那一串明艳的色彩令人不由得回应一个灿烂的微笑。天气这样好,在阳光下仰起头,等待迎接下一班电车通过时的那一串笑脸。

渡口一个香艳性感的年轻姑娘与男子接吻告别,而不远处清真寺的宣礼声拉长了尾音高亢地响起来。

这个城市,持有一种矛盾却有序的美感。融会东西方的文明,接纳基督

教与伊斯兰教共存,古老传统和现代时尚完美结合。

漫步于老城之中,与时光留下的震撼的帝国遗迹擦肩而过。伊斯坦布尔曾是古丝绸之路的终点,建筑汇集了奥斯曼、热那亚、拜占庭、罗马、古希腊等强盛时期的显著风格,碰撞并融合了多民族思想艺术的精粹,城墙包围下的古城区便是人类宝贵而辉煌的文化遗产。那深厚的历史文化底蕴或许不该被如此仓促地观望。这帝国遗迹的余烬,仍然带着某种穿越光阴的强大生命力,需要以沉静获得鉴赏和交流。

拥有一千五百年历史的圣索菲亚大教堂,建成九个世纪后被奥斯曼帝国改为清真寺,在周围修建了四座宣礼塔,形成今日所见奇特的兼具基督教与伊斯兰教风格的神圣殿宇,气势宏伟,富丽堂皇。它见证过伊斯坦布尔历史上帝国与宗教的兴衰。

不远处的蓝色清真寺修建于十七世纪,是世界上唯一拥有六根尖塔的清真寺。壮观错落的巨大圆顶和庄严流畅的拱形门廊,以及艳丽的彩色玻璃窗和镶嵌于内壁的白底蓝花彩釉瓷砖,令这座建筑史上的伟大奇迹美轮美奂,犹如虚幻。午后回廊里灌入凉风,参观与祷告的人络绎不绝,长长的队伍已经排到了门口。我靠在回廊的石柱上抬头看,宣礼塔尖直指天空,蓝天洁净,没有一丝云彩,鸽群飞过,几片柔轻的羽毛缓缓飘落。

这一程旅途,我看过许多的清真寺,奢华绚丽或古老神秘。那样的多,我却清晰记得每一个,各有不同。有时候我想,我对清真寺这种建筑的情结,多少与顾有关。他拍下无数清真寺的照片,对伊斯兰建筑风格近乎痴迷。在亚兹德,他向我伸出手,拉我一起爬上屋顶,看一座夕阳下的清真寺剪影。那圆滑对称的建筑,在晚霞中呈现出如海市蜃楼般的幻象,磅礴而虚幻的美,几乎让人无法呼吸。

伊斯坦布尔的大巴扎错综复杂,四通八达,庞大喧嚣,这或许是中东最大的集市。一间间狭窄拥挤的小铺子里,汇集了地毯、首饰、陶瓷、铜器、皮毛、雕刻、灯具、食物、服装,等等,处处充斥着繁荣的商业气息,用不

【寻找一座城市的记忆】

了多久便会眼花缭乱迷失方向。我更爱旁边的埃及市场,穿越在色彩繁乱的香料和土耳其咖啡浓郁的香气中间,嗅觉犹如被魅惑的巫术所控,每一次吸气都会生出浅浅的欢喜。印象中无人的伊斯法罕大巴扎里也残留这样的味道。气味竟然可以像一个恋人,暧昧的、游离的、难辨的。我想起了"Tree Of Life"旧旅馆里的日本姑娘,落寞地丢掉沾着唇印的半截香烟,她说伊斯坦布尔就像前世的情人。我并不知道她的感受来自于哪里,这个城市的温度、味道、景致、触感,或是一段不了了之的爱情?但是突然间,我对她的话无缘无故地深深相信了。

宽敞繁华的独立大道上,云集了无数时尚优雅价格不菲的商店,而古老鲜红的木制有轨电车叮叮当当驶过,恍然有穿越时空之感。街头吹萨克斯的男子慎重地穿了礼服,闭上眼睛陶醉地演奏,即使身边是川流不息的人群。甜点铺子的玻璃橱窗洁净明亮,食物漂亮得好像精致的手工艺品。小酒吧和咖啡馆开在历史悠久的欧式建筑里,一个风情万种的女子在窄小的黑色铸铁露台中探出身来,华灯初上,就像一出黑白电影里的镜头,等待归来的心上人。

漂亮的食物

独立大道的四周,密布着繁多纵横交错古老而曲折的街衢窄巷,蜿蜒朴素的青砖路面,屋檐下晾着寻常人家的衣服或一盆盛开的鲜花,两三把椅子靠墙摆放,人们宁静地喝着咖啡或红茶,怡然自在。住在公寓楼上的人家,从窗户里垂下一根绳子,系上竹篮向底层的杂货店购买食物。一个街区便彻底隔开了异常繁华喧闹的商业主街,时光缓慢,宛如停驻。这里是伊斯坦布尔的另一面,像一个转身离开流光溢彩的舞台刚刚卸下羽毛面具的清淡女子。

不难发现，几乎每栋房子的门边或窗台上都放着一只盛了清水的小碗，以供流浪猫饮用，有些角落里还散落着少许猫粮。土耳其人爱猫，流浪猫亦能得到如此照料，它们大多长得肥美高贵，与人和平相处。

我蹲在街角，抚摸一只怀孕的流浪猫，苍茫的暮色降临，身后的城市像一幅渐渐被黑夜浓墨晕染的奥斯曼细密画，慢慢地消失。

这里是作家奥尔罕·帕慕克笔下的故乡，一座充满帝国斜阳忧伤的废墟之城，伊斯坦布尔。月光下的鹅卵石路面闪烁着亮光，你如同看见书里那些老旧的黑白相片透露出的浅浅忧伤。

16. 忧伤的伊斯坦布尔

天太黑,下了有轨电车,我就弄不清方向了。连续两天找不到回家的路,连电话都不好意思再打给阿里。折腾了很久,才在加油站工人的帮助下,找到正确的路。我在那条没有路灯没有行人的小路上摸索前行,那是一片庞大的公墓群。我手里拿着一根一米多长废弃的塑胶水管,它突然从中间断了,却藕断丝连。我的样子一定很滑稽,仿佛拿着一根双节棍。

这根水管,是我从市中心捡的,像拐棍一样拄着它,并带上电车。人字拖里的脚看上去又黑又脏,粗糙不堪。膝盖上是新绑的纱布。我头发凌乱,扣着一顶破草帽。手里拄着这根当时还没有断开的水管。在那拥挤的电车里,竟然有人给我让座。我把自己审视了一番,那时的我,一定被贴上了残疾人或乞丐的标签。我无意弄成这个样子,可是又不能丢了这根水管,它是我的防身武器。

昨天深夜,在这条石子路上,遇到一个12岁左右的小男孩。我上前问路,他含含糊糊答非所问。我对小孩子没有戒备,继续跟着他走。穿过墓地时,心想两个人总会好一点儿吧。谁知,他突然在我屁股上捏了一下,发出一声坏笑就跑开了,在几步之外又停下看我。当时我两手空空,腿伤又跑不快,肯定是追不上这坏孩子的。懊恼极了,只好蹲下捡了几块石头扔他,那样子又气又好笑。这种搏击太没技术含量,难以击中他,只能吓唬吓唬,他一溜烟地跑了。

经过昨天的教训,我才捡了这根水管随身带着。我在风中挥舞了一下双节棍,呼呼的声音,好像顿时有了仗剑走天涯的自信。

中东男人的性骚扰,难道要从娃娃防起?说起骚扰,很多姑娘都疲于应

对,因为害怕而忍耐、逃避,甚至不敢大声呵斥。有一次我跟一个中国姑娘传授如何暴打色狼的经验,她听完后,无比崇拜地问了一句:"你在哪里学的武功?"我没有学过任何搏击的技能,体重不足九十斤,怕死怕鬼怕疼怕蛇怕一切姑娘们害怕的事物。可是,旅行中总有那么几次,与色狼交手的经历。

从心理博弈的角度来说,当一个人的心理处于弱势,如胆怯、心虚、担忧、恐惧的时候,能力的发挥就会减弱。最常见的骚扰是,色狼悄悄靠近你,伸出手快速地在你身上摸一下就连忙闪开,你要清楚,他内心的紧张恐惧比你强一万倍。对付这种色狼,我总是毫不犹豫地上前揍他,同时为了自保,伴随大声呵斥与呼救。这种情况下,胆怯的色狼通常抱头逃窜。

当然,预见风险比观察环境和读懂人心更为重要。若在一个相对封闭无人施救的环境中,遇到一个内心早已千锤百炼的坏人,危险自然不可想象。尽可能地不要出现在这种环境之中。单身女子最好的自我保护是预见风险以及规避风险。

可是此刻的自己,却自欺欺人地拿着一根塑胶水管,一个人在夜里带伤穿过黑暗的墓地,明明清楚地听见自己急促的喘息和心跳声,月光下墓地的轮廓若隐若现,握水管的手心已经汗湿,连回头看一眼的勇气都没有,但是脚步故作稳健,在心中反复默默地鼓励自己。看见远处的路灯,便朝向它奔跑起来,完全觉察不出膝上的伤痛。一边跑一边对自己感到沮丧,何必要经历这么多不堪的处境,使自己看起来更为强悍,这无谓的冒险更像是戏谑生命的无常。

当我还很年轻的时候,有一次在暴雨中的斯里兰卡南部,跟随当地渔夫一起登上印度洋里垂钓的木桩。头顶雷声滚滚,狂风大作,蓝黑色的大海波涛汹涌,双脚勾住简易的木头将身体固定在海面上。海水迅速上涨,漫过足部。一种近乎窥探死亡的姿势。但是眼前的奇妙世界令人兴奋着迷。天边的闪电瞬间把海洋映照成诡异的紫色,低沉的乌云与海潮翻腾的水气连成一片,犹如天地相合。脚下成群的沙丁鱼快速旋转飞蹿,形成一个巨大的漩涡。浪

忧伤的
伊斯坦布尔

花和大雨一起猛烈地打在脸上,我对着大海放肆地叫起来,自然与生命的壮观力量,是我在小心矜持的漫长前半生中,从未体会过的震撼。冒险和放纵令我那样的疯狂快乐。那一刻,不曾预设生命的处境。

我常常记起那雷雨中的印度洋,张开双臂以生命去迎接一次壮美的奇观,这样的勇气中带着多少莽撞和无知?因为无知而无畏。我已经不再年轻,看到过生命的脆弱和缺陷、仓促和无常,而我是否学会了以成年人的方式对待生命,是否把放纵当成了自由?

我一路大汗淋漓地奔跑,民居密集起来,24小时营业的便利店灯光明亮,汽车越来越多。我远离了黑暗墓地的潜在危险,却没停下奔跑的脚步。我在用剧烈的运动释放内心的恐慌。

匆忙回到阿里家,门一打开,觥筹交错,欢声笑语,音乐嘈杂,聚会兴致正浓。几个沙发客和阿里的土耳其朋友正热烈地跳舞和聊天。灯光温暖明亮,终于到家了。阿里的生活方式和家居陈设已经完全西化,这似乎已是伊斯坦布尔的趋势。

阿里说,你拿着水管做什么。

我这才恍然,连忙把水管放在门口,看着黑乎乎的手掌,尴尬地笑了。

我又迷路了,阿里。

他向前与我拥抱,拍我的后背,安慰道,没事了,过来喝杯酒。

拉我加入聚会,阿里给我倒了一杯茴香味的白酒,透明的液体加入冰水后,立即变成浓浓的乳白色,闻起来醇香宜人。我像喝牛奶一样一口饮尽,一股浓烈辛辣的味道迅速窜入胸腔,这猛烈的刺激,有效地缓解了夜路的不安。我低声对阿里说抱歉,答应过他回来吃晚餐,还说要帮他做中国菜招待客人,却在外面逗留太久,迷路又耽误了时间。因失信于人而感到羞愧,知道解释徒劳,只能对他说,对不起,对不起。

阿里在人群里非常安静,作为主人,他的话并不多。大家在客厅里喝酒、聊天、唱歌、跳舞、玩游戏,性感的女孩子暧昧地靠在男人身边,餐桌上的

良辰美景，宛如初见

聚会中弹着忧伤吉它的阿里

碟子被不小心打翻，坚果滚落一地，一个意大利女孩无缘无故地哭起来，不知谁的电话铃声持续地响起。阿里就像与他们隔着一层透明玻璃，丝毫不被妨碍地弹着吉他，那轻微的弦音淹没在各种热闹的声响中，寂寞极了。

有一个男人一直要帮我倒酒，他自己一次又一次地干杯，跟我讨论共同去过的城市，英语说得飞快，我不得不一再要求他重复，可是他依旧兴致勃勃，凑近我滔滔不绝。他靠近我的距离，让我感到不适。陌生人急速生长的暧昧，透露出明确的欲望和目的。

阿里走过来，不知道跟那男人说了句什么，他便起身离开参与到舞蹈之中去了。我跟阿里对视一眼，心照不宣地笑了。

深夜客人陆续散尽，沙发客们醉醺醺地各自回房间睡觉，我在厨房的水槽前清理大量的餐具。我对阿里始终是有歉意的。明日一早便要离开伊斯坦布尔，不知道能为他做些什么。旅途走了这么久，还是无法改变中国式的传统思维，希望能够接近对等地报答或弥补对方一点点。有时候让我显得过于客套。

四下异常安静，只有杯碟相碰时发出轻微的脆响。虽有微微的倦意，一心却只想帮阿里清理聚会后的凌乱。

阿里抱着吉他走进厨房，倚靠着冰箱的门微笑着看我洗碗。我说："你喝了那么多酒，先去睡吧，不用等我，我一会儿便来。"说完之后我们都不由得笑弯了腰，听起来倒像是亲密的两性关系之间的对话。我们不过是暂住在同一个房间，彼此心如明镜。

他说："中国女孩子都像你这样吗？"

忧伤的伊斯坦布尔

"嗯？什么意思？"我不明白他所指为何，举着满手的泡沫认真地问他。

他似乎被这个问题难倒，笑了一下并没有回答。坐在厨房的椅子上，轻轻弹起了一支土耳其民谣。极特别的曲子，土耳其音乐的轻快欢愉，夹杂着波斯音乐的神秘诗意和阿拉伯流浪的吉卜赛人的自由热情。或许因为土耳其地域的特殊性，音乐中才能融会如此多样的异域元素。我关掉水龙头，闭上眼睛聆听，像一次围着篝火的弹唱，凌乱的舞步，脚踝上的银铃丁零作响，原始的奔放的浪漫的情感传递，盈盈于耳，妙不可言。

曲罢，我想，阿里这样的男人，年轻、英俊、富有、温暖、浪漫，看上去实在叫人喜爱，于是我很好奇地问了他的前段婚姻。

"为什么离婚？"

"她坚持不再与我共同生活。"他答。

"没有任何征兆？或者事后你没发现什么问题吗？"

"都没有。"

"她爱上了别人？"这个问题有些失礼，说出口后我又担心伤害到阿里。

"不知道。"他淡淡地说。

"分开后你有见过她吗？"

"只有一次。在路上遇到她，我走过去跟她说话，她的样子非常生气，她说永远不想再见到我。"

"你还爱着她？"

"是的。"

爱情是一道多么难解的题，没有方程，没有参考，缠绵缱绻抑或咫尺天涯，爱或者不爱了，从来得不到开示。

阿里又给自己倒了一杯红酒，他今晚喝得太多，但我并不想相劝。他喃喃自语道："醉比醒困难得多呢。"我们都知道，清醒是一种不得已的状态，肉身若对生还有热烈的依赖，大脑就会被迫清醒，投身滚滚的生活激流，直面清晰可辨的痛苦和挣扎，于是人们寄托于酒精的短暂麻醉，用一场昏沉的

睡眠驱逐内心的落寞。

阿里喝完酒,把杯子递给我洗,然后不声不响地回房间睡觉。

我整理完厨房和客厅,发现洗手间还亮着灯,门没关,来自芬兰的沙发客 Lily 正在呕吐。我连忙倒了杯温水递给她,"醉酒伤身,以后少喝点儿啊。"我说。

她喝了一口水,不小心呛到,又俯下身去吐起来。好半天才起身,冲我一笑:"我没有喝酒呢,我好像怀孕了。"

"你不是一个人旅行么?"

"我在俄罗斯遇到一个法国男人……"她低头娇羞地说。

我故作镇定,掩饰了一下中国式传统观念对意外怀孕的惊讶。"那么法国男人现在在哪儿?"

她耸耸肩,淡淡地说:"这个时间应该在中亚吧,谁知道呢。"

"你们不联系吗?"

"分开后就没有联系过。"

"可是,你怀孕了也不让他知道吗?"我终于急了。她不过二十出头,大学刚刚毕业,生得瘦弱娇小,独自旅行,无人照料。

她点了一支香烟,靠在洗手台上,想了一下说:"你的意思是,告诉他我怀孕了,快回来跟我结婚吗?这不是绑架爱情吗?如果相爱,我们自然会重新建立联系,上帝会安排我们相见。"

"那孩子怎么办?你竟然还在抽烟。"

她转身把烟摁熄在洗手台的内壁上,冲我吐了吐舌头:"如果不能在一起,再旅行几个月后我便回芬兰生孩子。别紧张,我爱他,能够跟他生一个孩子,多美好的事情。啊,我要开始戒烟了。"

Lily 睡不着觉,拉我一起窝在沙发里听歌。她知道阿里有很多好听的 CD,挑了一张放给我听,声音开得很轻,不至于影响其他人睡觉。

我对土耳其音乐有一种近乎本能的痴迷,为什么没有早一些听到它们

【忧伤的伊斯坦布尔】

呢？明天清晨便要离开，我没有时间去买一些碟片。

Lily 开玩笑道："向阿里要啊，他是个不折不扣的大好人，一定会送给你一些 CD。"

我自然知道阿里待人的善意，但是越笃定他不会拒绝，越是无法向他索取。我对他的情谊，带着一种奇怪的怜悯，说不清是来自他温暖安静的性情还是寂寞不解的爱情。

"其实阿里这人很不错，我在这里住的时间最长，我知道他是好人，可惜被他老婆抛弃了，他看上去总是一副消沉的样子。可你瞧，却有那么多女人甘愿被花言巧语的男人欺骗。"她向我眨眨眼，暗示今晚聚会上的一个意大利姑娘，我们都能看出来，那漂亮性感的女孩儿迷恋上一个夸夸其谈的土耳其男人，聚会结束后便醉眼迷离地拖着他的胳膊上了他的车。

如果一个足够好的人，就能得到足够多的爱，那么爱情便会简单得多。问题是我们所持有的审美观和价值观总是标准各异，而爱情的发生和变迁有时候缥缈荒诞，简直无律可循。

Lily 靠着我，一点一滴地讲述她跟法国男人的细节，"我第一眼看见他，便突然产生一种类似酒醉的眩晕，我从来不知道，爱上一个人，竟然是一种醉意……他是那么的高大强壮，一旦我不开心，他便把我高高举起来扛在肩上，像山一样的男人……我希望孩子长得像他……"

断断续续地倾诉，又顽皮地询问我的爱情，一头金色的长发洒在我的膝上，娇羞美丽。

"在伊朗……"我刚想跟他说起顾，却发现语言匮乏根本无从表达。我们彼此相爱过吗？为何从未在对方身上得到过爱的确认，或许当他离开马苏雷又决定迅速重返的那一刻，爱情像幻觉一样发生过。一个礼貌而疏离的男子，一次少有的冲动决定，结果却是失落地错过。

墙上的挂钟每到准点便会发出一声轻轻的叮咚声，已经凌晨两点，Lily 终于带着笑意倒在沙发上睡去。帮她盖上毛毯，我轻轻走进阿里的卧室，没

有开灯,在地铺上摸索躺下。阿里从床上传来均匀的呼吸声。

天没亮便又起床,洗漱完毕,尽量不发出声音打包行李。阿里在床上蜷成一团,瘦瘦小小的,闭起眼睛睫毛显得那么长,他的脸带着一种古典之美。

他还未醒来,我决定不打扰他睡觉。出门之前,把地铺折叠收好,把手机和公交卡放在他的床头,正要关上房门,他蜷缩的身体动了一下,发出一声不自觉的轻叹。

不知怎么的,因为这一声睡梦里的无奈叹息,忽然间心有不忍,我不能对他不辞而别。

我放下背包,绕到床前去,轻轻拍了一下他的手臂。"阿里,我走了。"我轻声告别。

他睁开眼睛,带着宿醉的忧伤,艰难地撑起身体,他问:"你知道怎么去机场吗?"

"我知道,地铁可以到。放心,阿里。"

"去机场是另外一条地铁线,知道怎么去地铁站吗?"他又问。

"我出去后问问路人,不远。"

他张开手臂跟我拥抱,我拍着他的后背,竟然有些不舍:"阿里,谢谢你。"

他温柔地说:"没什么,我什么也没做。你一个人,以后不要再迷路了。"

我眯起眼睛笑了:"我尽量。"

我背起包走进伊斯坦布尔薄薄的晨雾之中,就像抵达它的那天一样,天色灰白,城市寂静。我在过街天桥上短暂停驻,拍下笔直寂寥看不到尽头的街道。在它苏醒之前,仓促地告别。我爱这座庞大古老的城,有一天我要回来,买一张土耳其音乐的 CD。

【贝鲁特
的香艳与危机】

17.贝鲁特的香艳与危机

由土耳其飞往黎巴嫩的飞机,经过塞浦路斯的上空。舷窗外,地中海湛蓝清澈,海滩金黄绵长,这个四面环海古老浪漫的爱神之岛,自有一番遗世独立的优雅。可有多少人像我一样,是因为领土主权争夺的新闻而初识塞浦路斯,未曾见识过它的风情万种。

从贝鲁特机场出来,所有的人都告诉我没有公共交通去市区,包括机场的工作人员。计程车昂贵,我没理会,直接先去机场的旅游咨询处拿免费地图。

去洗手间时把行李丢在门外,出来却看到一个空姐守在我的背包旁边,她说:"以后不要这么随便放行李,当心遗失。"对她微笑感谢,又觉得有些抱歉,我在他们的国家旅行,不能妥善保管行李除了对自己不负责任,也自然会给他们增添一些麻烦。我知道自己有些糟糕的旅行习惯,包括钱和护照都遗失过数次。有人教我在腰上系一个隐形的钱袋,防盗防抢,我试过,可是在上厕所时嫌它麻烦,就取下来挂在公共洗手间里,离开很久直到需要用钱时才意识到。这种情况还会发生在公共浴室中。虽然大部分时间有惊无险,可是一旦遗失便极其不便。因此我算不上一个负责任有经验的游客。稀里糊涂,从不记账,缺乏计划,只是不知道哪儿来的淡定心态,从来觉得生无绝境,即使有,也能绝处逢生。这种想法令我的生活和旅行都过于松懈。

机场二楼是出口,我在路边看到一辆破旧的小巴,便跳上去,把地图上的位置指给司机看,他不懂英文但能看懂地图。价格比计程车便宜数倍,一直把我送到楼下。

贝鲁特HAMRA街头,在内战中被炸毁的建筑至今未全部拆除重建,保存着轰炸后的原貌。精美的法式雕刻楼房,窗子却没有玻璃,一个个寂寞

的黑洞,爆炸后燃烧的火焰和黑烟在建筑外墙上留下惨烈的痕迹。有些地方损毁严重,只剩下几根主体框架。这些危险的建筑通常被围墙高高围起,里面杂草丛生,偶尔还能看到某个窗口晾着衣服,少数建筑内仍有贫民居住。持枪的军人在街角,表情严肃,不允许拍照。千疮百孔的弹痕,忧伤地展示着长达十几年的内战创伤。

贝鲁特街头

只要轻轻一个转身,便会发现与这伤痕和谐共存的另一面。精致的法式露台上,开满鲜艳的小花,人们着装考究,妆容精致,市中心不乏昂贵的酒店和奢侈品店,橱窗里展示着当前最时尚的流行元素。贝鲁特人生活富裕,豪车云集,公共交通极度缺乏。长期被法国殖民的贝鲁特,拥有"中东小巴黎"的美誉。这座骄傲而浪漫的城市,始终维持着落魄贵族的遗风。它是位于地中海东岸最大的港口城市,气候宜人,历史悠久,景色秀丽,建筑独特,发展迅猛,仍是中东重要的交通枢纽和文化、商业、金融、旅游中心。

我喜欢漫步在贝鲁特的街头,用一整天时间从东区走到西区。清真寺与

【贝鲁特 的香艳与危机】

教堂毗邻而建,咖啡店里飘出浓郁烘焙的香气,露天小酒吧供应来自黎巴嫩贝卡山谷的香醇葡萄酒,侍者笔挺讲究,一口流利的法语,殖民时期的树木高大茂盛,贝鲁特时装周的广告牌惊艳地亮相,衣着性感身材火辣的姑娘和穿黑袍子的穆斯林交错擦肩而过。有时坦克装甲车就停在马路上,穿迷彩服的军人保持戒备,军事围栏封锁了部分道路,走着走着便会受到阻拦。

再没有比这更为香艳时尚和危机悲情的城市了。即使只是一双过客的眼睛,仿佛都能为它的百年沉浮而饱含热泪。从长期的内战到中东战争、黎以冲突,这片土地一次次被摧毁和重建,一次次在战火中优雅地复苏。战争的硝烟从来没有毁灭掉黎巴嫩人对自由和浪漫的激情,只有亲身站在这动荡与矛盾的土地上,才能更为真切地感受到诗人纪伯伦对朦胧中的祖国的赞歌。那是生生不息的眷恋,是可以俯下身体亲吻大地的敬意,祖国,是火、是光、是悸动的心脏。

傍晚坐在地中海边看落日下的鸽子岩,一直看到暮色降临。频繁起降的飞机低低地掠过岩石的上空,海浪猛烈拍岸,摩托艇自如地在岩石空隙中穿梭,沿着海岸跑步的当地人越来越多,路灯整齐地亮起来,夜色中的地中海暂时忘却了战事。

我在夜里步行由西向东穿越城市返回,随身带着指南针和地图。徒步对我而言,最大的困难和危险是迷路。我的旅途总是充满迷路的考验。曾经在沙迦的海边徒步回旅馆,走了很久很久,已至深夜,完全找不到旅馆的小巷子。沙迦这个阿拉伯联合酋长国宗教习俗非常保守,夜里见不到女性在外行走,竟然所有的计程车也不为单身女性停下,夜生活几乎没有,街上漆黑一片。但是猎奇的沙迦男人可不少,一辆又一辆豪车停下,打开窗子便开始谈交易,语言赤裸,没有任何铺垫。难怪在申请阿联酋签证时需要不断地证明自己没有留下工作的动机,在迪拜从事特殊行业的中国姑娘数目庞大。那一晚,我竟然从沙迦走到了另一个酋长国阿治曼,虽然这些酋长国非常小,但跨境还是让我吃惊。好不容易找到一家豪华酒店,请前台帮我打电话问沙迦

旅馆的地址,再帮我电召出租车,这才顺利回去。

但贝鲁特的夜晚,情况要好得多,至少四处遍布的军人,是安全感的保证。这里对宗教自由包容,可谓是阿拉伯国家中最为开放的。黎巴嫩姑娘的美貌名扬海外,男人对性的饥渴和压抑程度大大降低。街头猎奇的男人总是有的,只要对他们挑逗的口哨声视若无物,倒也没有更进一步的纠缠。很多时候,意外的发生,是因为自己做出了回应。

经历一段黑暗的穿行,我总是要上前向街角的军人确认前方的道路是否正确。对道路的频繁确认其实有些多余,我只不过是想与之对话,打发对寂静深夜的恐惧,了解下一处军人值岗的距离,听听他们对夜晚徒步的建议,以便自己对安全性进行预估。

贝鲁特的沙发主名叫米多,是个典型的让姑娘们着迷的文艺青年。事实上,他至少超过 45 岁了,可是浑身散发出的青春活力和艺术气质,足以令人忽略他的年龄。留着一头长头发,眼睛深邃迷人,望人一眼空气里都能开出桃花来,笑的时候有抬头纹,这纹路里仿佛写着:"我是一个有故事的人"。

他住在市中心的工作室里。收藏各种古旧物件,例如上了年纪的缝纫机、电熨斗、打字机、咖啡机,还有 1895 年的照相机。单身男人的住所,收拾得倒是干净清爽。单身,仅仅是指他目前的生活状态,独自住在贝鲁特。这样的男人,婚姻状态永远是谜。工作室里摆着两张他跟年轻女孩亲吻的照片,他说那是他的女儿。已经成年的美貌惊人的女儿,承袭了他的优良基因,带着一股东方神秘之美。

米多酷爱聊天,语速极快,与他对话的过程中,想要见缝插针说上一句"我困了,明天再聊好吗"都非常不容易,我需要祈祷他的电话铃声响起,他一接电话我就开溜洗澡去。但不得不说,与他交流又是非常愉快的,只要时间在夜晚 12 点之前。

他谈摄影、收藏、旅行、宗教、婚姻、战争、艺术,他对黎巴嫩无所不知,在帮我推荐行程时,总是快速地在纸上画下简易地图,标上英文和阿拉

【贝鲁特的香艳与危机】

伯语，事无巨细罗列清楚，包含公交车的价格和建议游览的时长。

他热爱黎巴嫩，用尽溢美之词和陶醉的表情倾诉祖国之美。我常遇到一些外国人问我走过的地方哪里最美，我也会毫不犹豫地说，中国，你们应该去中国看看。但是关于中国的赞美又羞于启齿，像许多中国人一样，我认为自夸不是美德。见到米多对黎巴嫩的热忱，又好像并无不妥，所以我想，对自己祖国的赞美，可以是大胆愉悦的，用不着谦逊。

米多见我把膝盖上的纱布打开试图用手揭开血痂，实在看不下去，便找出棉球和碘酒，蹲下来，仔细地帮我消毒。他低着头，嘴上叼着香烟，含含糊糊地说："看样子快好了，如果你不用手去碰它，会好得更快。手多脏啊。"

他的动作，他的关心，让我想起这一路来，那些温暖的人们。

那么多素不相识毫无关联的人，像在完成一次接力似的，悉心照看我的伤口。土耳其爱琴海畔的伊朗一家、旅馆的服务生阿里、长途汽车站的大妈和售票大叔、初次相见的徐姐姐，还有米多，这个把唯一的床让给我睡的黎巴嫩沙发客。上天给我一次疼痛的体验，随后便又安排数次与天使的相遇，让这个独自在异乡的中国姑娘幸福地远行。

米多的厨房里没有任何食品，甚至没有调料。冰箱是空的，却还连着电源。煮咖啡时发现，糖也用光了。他养的几只猫饿得喵喵叫个不停。无论他自身和这住所显得多么的艺术，毫无疑问，这是个潦倒的男人。也许，艺术偏爱潦倒的形式，刻意与凡俗的物质撇清关系。

拯救落魄艺术家之路，是一条令人心碎的道路。我拍着胸脯，豪情万丈地许诺要为他做几顿中餐，当我走进超市后却目瞪口呆。贝鲁特是阿拉伯地区物价最高的城市之一。我打开钱包，反复清点所剩无几的旅行费用，接下来的行程捉襟见肘，但是长期以来的江湖习气改不掉，咬咬牙还是买了。又帮他备了番茄酱、酱油、砂糖之类的调料放在家里。

看来，接下去的旅途，我还得靠大饼度日。

并不丰盛和美味的饭菜，米多却连连称赞，并吃得精光。就算只是礼貌

地回应,我也觉得愉快和值得。这种细微的分享,是彼此交换信任融入对方生活的最好方式。他对中餐的喜悦尝试,如同我对陌生的黎巴嫩的美好向往,慢慢走进彼此熟悉的领域。

他对中国文化的喜爱,超出我的想象,一旦谈及中国元素,便极其兴奋,找出家中所有与中国相关或来自中国的物品向我展示。我从机场买来小支装的威士忌相赠,无疑不如后来送出的两枚中国结挂件更得他心。于是跟他说,米多,我很期待有一天你来中国看看,我住在成都,那里是熊猫的故乡,我们去吃火锅。

我在贝鲁特遇见一个年轻的北京姑娘,一个人在欧洲转了一圈后来到中东。短发,皮肤晒成小麦色,看上去健康率性。她酷爱听纯正的英国人说英语,抑扬顿挫、表情夸张,她因此爱上一个英国男人。她的这种喜好,直接、强烈、坚定、明显,敢于投身去爱并且清楚为何而爱的女子。我们在一起度过几日。

从 KSARA 酒庄回贝鲁特,不知道怎么搭班车,我们想试一下能否搭到顺风车。主路上车速很快,很久都没有车停下。正午骄阳似火,好不容易有一辆历史悠久几乎报废的微型轿车停下。

车非常小,只有两个门,如果想坐在后排,必须先把前排座椅放倒,因为车子太旧太破,操作极为困难,如果遇到什么情况,坐后排难以脱身,于是我跟北京姑娘决定同挤在副驾上。

司机最多 20 岁,看上去像个逃课的叛逆学生,脸上挂着邪门儿的笑容。他是唯一停下车愿意载我们的。我安慰北京姑娘,咱们有两个人,他一个人还得驾车,如果有危险,我们可以应付。一旦他偏离主路,我们可以及时做出反应。

我并不想以貌相判断一个人,但我需要确认是否能够应对风险。

车开出没多久,他果然右转进入一条小路,我立即问他为什么。他停在一个便利店门口,说下去买点儿饮料,让我们留在车内等他。他刚走到店里,又觉得不妥,转身回来把车熄火并拔走钥匙。这个动作看起来很正常,可我

【贝鲁特
的香艳与危机】

总觉得哪里不对劲儿,他在盘算什么呢,车就停在店门口,买饮料不超过一分钟,至于转回来拔走钥匙吗?我相信他并不担心我们会把他的车开走,这是内心焦虑的潜意识动作,心里正在精密筹谋却又担心败露,所以会不由自主做出一些没有实际意义的举动。

让我证实自己的判断吧。

他买了三瓶果汁回到车内,车继续往小路上开。我制止他,我知道回贝鲁特的路,也是唯一的主路。他含含糊糊地解释,类似要从小路上转弯掉头之类。车继续走着,北京姑娘一边往我这边挤,一边颤抖地说:"他……他摸我,啊!"我这才发现司机的一只手正往她身上摸。我们同挤在副驾的位置,我坐在靠门边,之前并没察觉。这姑娘估计吓坏了,年轻没经验,只知道躲,像只小猫一样,大声都不敢。我当时手里拿着一把伞,只能侧过身抢起伞使劲打他的脑袋。

骚扰事件中,这样胆小躲避的受害女性最令人担心,你越是惊恐胆怯,越是释放出一种令色狼得寸进尺的信号。何况我们是两个人在一起,更没什么可怕的。

他被迫停车后,我仍用伞柄揍他几下,然后我们开门跳下车。当时我余怒未消,想把他拖出来就地再打,可我忍住了,这条路真是荒凉啊,没有行人,连一个过往车辆都没有。我拉起北京姑娘的手,迅速朝着远处的房子跑去。他没有追过来。我对她说,你瞧,他骚扰的同时还要驾车,就算只有你一个人,也足可以应付他,你比他更有优势搏斗,躲有什么用。

我并不是天生英勇无畏武功高强,只是当我们独自走在路上,只能够自己照顾好自己。接受世间不美好的存在,正视它、处理它、淡忘它。保护周全,才能柔软温暖地看外面的世界。

我们沉默地在太阳下往公路方向走,发生这样的事情,我内心自责,因为从一开始我就隐约意识到这个司机从外表透露出的邪恶,而且能够通过他的反常举动观测内心。可我仍然决定坐他的车,为了不在烈日下找车,为了

省下一段车费。我何尝不是在与潜在的危险顽强地对峙，妄图侥幸利用它，而不是适时地放弃它。由自身贪念引起的危险，咎由自取。生活中大部分欺诈骗局的成功，都是因为自身对利诱没有抵抗力，贪图意外的收获。灵修课程中介绍道，自身能量的振动能吸引到相似振动频率的人、事、物，不无道理。

所以，不要为遭遇世间的不完美而愤怒不平，看一看自己的内心，找到它的镜子。

晚上回到沙发主家，米多信心满满，等待我讲述愉快的黎巴嫩之旅。我向他描述葡萄酒的香醇美味，杰达溶洞的壮观瑰丽凉爽怡人，历经两千年沧桑的巴尔贝克神庙中腓尼基文明与罗马文明融合的恢弘遗址，始终没有提到被糟糕的司机骚扰之事。

【在中东的枪口下】

18.在中东的枪口下

　　比布鲁斯是黎巴嫩最古老的城市，据说公元前 5000 年这里便有人类定居，圣经的名字也是源于此。它曾经是重要的文化与商业中心，青铜时代晚期，发明了文字，公元前 3000 年左右，腓尼基人便修建了面临地中海的港口，开始了繁荣的海上贸易，并相继兴修了神庙与城墙。数千年来，它历经入侵、占领、摧毁、地震，硝烟散尽，残垣断壁仍在水火中荣耀地存在。1984 年比布鲁斯被列为世界文化遗产。

　　古城坐落在地中海岸，城墙破损，苍凉的砖缝里长出青草，一盏老旧的马灯垂吊在古墙上。鹅卵石的路面柔滑光洁，神庙仅存地基部分，古罗马石柱残败矗立。九重葛生长得粗壮浓密，快要遮满巷口的天空。一座座寂静古老又充满情趣的院落，矜持的黑猫坐在院墙顶上的藤蔓之中。海风灌入十字军于 12 世纪修建的圣约翰浸礼教堂，清凉幽静，仿佛与世不同日。阳光下，头戴白纱的黎巴嫩新娘手捧玫瑰。午后的地中海，蓝得有些不真实，当真会感觉到世上的蓝全部倾泻其中。码头泊满洁白的游艇，岩石上覆盖着绿色海藻。

地中海码头

　　黎巴嫩屡遭战争摧毁，但海港的露天市场却保存了下来。

　　古城里的小店子，墙壁仍是用古老硕大的石头所砌，穹顶高挑，室内清凉。香料用陶罐、藤筐、麻袋来盛放，色彩各异，香味清幽，自然质朴。还

良辰美景，宛如初见

有出售刺绣、化石、木雕、铜器的小店，地中海岸的日光炽烈得让人睁不开眼睛，屋子里的光线便总是略显昏暗，常见午后懒洋洋打盹的店主和猫。无人照看的店子，仿佛只是一种闲适生活的情结，并不意味着一种生计。

北京姑娘有一顶硕大的帆布太阳帽，我们路过香料铺子时，店里一个高大强壮的男人叫住我们："嘿，那个帽子对你来说明显太大，多少钱买来的，可以卖给我吗？我一直苦于找不到合适的帽子。"

他试戴了一下，感到非常满意，便不再脱下来。"我可以付钱给你，或者你去隔壁的店里任挑一顶帽子由我来支付，要不然，你们进我的店子来看看有没有喜欢的东西，只要喜欢，随意拿去吧。"

香料铺子

我们被请入香料铺子中，几乎被强塞了满怀的玫瑰花茶、野菊花茶、手工香皂，叫不出名字的干果、蜜饯、干花香包。他的热情令人有些不知所措，他继续说，"还需要什么，都没有关系，拿吧。"

他付出的远远超过了一顶帽子的价值。看起来有点儿奇怪的大个子男人。回想起来，他身上其实有着一种单纯的专注和执著。为所爱的事物不惜代价，何尝不是一种稀缺珍贵的品质。我们这一生，放弃比执著更为轻易啊。

北京姑娘去海边晒日光浴，我的伤没好不能沾水，便靠在路边的一棵大树下打盹。比布鲁斯的宁静缓慢古老自足，让我恍如回到面向印度洋的斯里兰卡古城 Galle，在宽厚的城墙顶上，迎着海风，闭上眼睛听海鸟在头顶上轻快地振翅。

可是，这里是中东，战火里的中东，与南亚相比，宁静之下亦危机四伏。

在中东的枪口下

几个年轻人围上来："嘿，不可以在这儿睡觉！"他们一边叫着，一边迅速散开，大笑远去。

一个破旧的老爷车吱的一声停在身边，中年男人探出头来，暧昧地说："菲律宾姑娘，你没地方睡觉吗？上我家去吧。"见我不理会，便轰隆一声猛踩油门离开。

又一辆摩托车咆哮着靠近，前后坐着两个男人，我看了一眼便闭上眼睛。我听到车在不远处停下来，但随后没有了动静，只有树上的蝉鸣声依旧。这持续很久的反常寂静令我不安起来，我睁开眼睛。

是的，摩托车就停在距我三米远的地方，两个男人用脚撑着地面，都没有下车，后座上的男人，双手举着一支单管猎枪，指向我，做出瞄准的动作。

我愣住了。好像我一动弹，他的手指就会扣动扳机。

就这样对峙着。

可是他们为什么要拿枪指着我？如果在黎巴嫩北部重镇的黎波里，或是停着装甲车的贝鲁特，我都不会因枪支而如此惊讶，这里是比布鲁斯，在一片宁静的碧海蓝天下，一管漆黑的枪口瞄准我。我吸了一口气，安抚自己，他们不会开枪，没有理由，我衣着保守，并没有做出不妥当的行为。

"发生什么事了？"我轻声问，仿佛声波的振动都能触发子弹似的。

"你怕死吗？"拿枪的男人冷冷地问我。

"有点儿怕。"我回答，"但是我为什么要死呢？"我想起电影里经常会出现的情节，先杀死一个无辜的陌生人，以此立下投名状。

他端着枪，嘴巴里发出激烈的射击声，"呼！呼！呼！呼！"

我盯着他看，这样子可笑极了，他并没有真的开枪，我是否该配合他的叫喊而应声倒下呢。我对他莫名其妙的幼稚行为感到不解，于是自己也有些逻辑混乱了，我从背包里拿出相机，扬起手问他们："我能给你们拍个照吗？"

两个男人面面相觑，头碰头低声讨论了一下，持枪的男人严肃地说："不准拍照！你拍照我就开枪！"

"那我不拍了。"我收起相机,小心翼翼地对他说,"我不拍了,不要开枪。"

他们又相互讨论了几句,好像在分析眼前的姑娘是否值得一死。骑车的男人似乎不懂英文,于是后座的男人需要翻译给他听。在政局不稳战争不断宗教冲突的黎巴嫩,我不止一次看到有人持枪,可是被人用枪口指着,就像电影里一样,虽然恐惧却感到一丝不真实。

"你来黎巴嫩做什么?"拿枪的男人问。

"玩儿。"我说。

"你有钱吗?"

"有一点儿。"我回答。忽然想到,这可能只是持枪抢劫,情况不太坏,如果他们只是需要钱。

"你从哪里来?"

"中国。"

他又悉数翻译给骑车的男人听。

这时,我站起来,从裤子口袋里摸出一把零碎的黎巴嫩磅,主动走上前去,对他们说,"我身上只有这么多钱,但我需要留下回贝鲁特的车费。"

拿枪的男人急了,英语说得结结巴巴:"你想干什么?站住!回去,回中国去!"

我一脸茫然,大脑有些凌乱。他们看上去甚至比我更为慌张,我慢慢退回原来的位置,实在想不出他们要什么。

我还能看到远处海岸岩石上悠闲自得地晒着日光浴的人们,游艇划过深蓝色的海面溅起洁白的浪花,教堂顶上的十字宁静安详,海风把头顶的树叶吹得哗哗翻飞,这分明是一个远离战争与枪支的世外桃源,一片和平的光景。我再次把目光转向漆黑的枪口,不知怎么地突然愤怒地叫起来,就像是用另一种情绪转移恐惧,我在崩溃的边缘徘徊了那么久。我大声叫喊道:"要么开枪,要么滚开!疯子!"捂着脸,蹲在地上哭出声来。

【在中东的枪口下】

比布鲁斯悠闲的海岸

几秒钟后,车后座上的男人郑重地收起猎枪,摩托车排出一阵浓烟,飞快地远去了。

我瘫坐在地上,此刻,恐惧突如海潮般涌现蔓延,手指开始痉挛。我并没有准备好死于一支陌生的猎枪下。旅途中,那些需要独自面对的困难和危险时刻,身体的恐惧因无从选择无从逃离而被迫冷静地对峙,强悍地应付,心脏却如寸寸撕裂的帛,发出唯有自己能够听见的嚓嚓声响。

曾经有一次,半夜在印度北部的一个小城镇换乘火车,月台上一个当地老太太突然开始对我谩骂起来,她的表情凶狠厌恶,似乎不停地发出诅咒和指责。她的方言我一句也听不懂,只好背起包钻进人群里,她紧跟不放,引来众人围观,她对我的恨意仿佛随时会扑向我抓我的头发并向我吐口水。大家围住我们,我迷惑极了。很久才从人群里出现一个会讲英文的男人,他说,这老太太是个疯子,不用理她。可是她一直尾随我,持续地宣泄她的情绪,我记不清如何挨过月台上那漫长的几小时,小站上没有人值班,车次稀少,灯光昏暗,几个当地人聚在一起发出轻轻的嘲笑。我把头包裹在厚厚的围巾

良辰美景,宛如初见

里,忍住眼泪,神经脆弱得像一根欲断的丝线。这无由的谩骂,那么的疯狂和棘手。而人的孤独,在那样的时刻,清晰地膨胀,眼睁睁地看见脆弱无依的肉身,迅速腐朽糜烂,被寂寞吞噬,无能为力。

　　我起身跑向海边,置身于热闹的人群之中,眼泪快速地被蒸发。好像刚刚蹚过一条生命的暗河,我仰起脸,呼吸倾泻而下的洁白日光。

19.一个印度老人的故事

安曼。

为了等待开斋节结束去申请以色列签证,我在安曼停留了很久。

不分昼夜躺在旅馆多人间的床上裸露着右腿,晾着我那即将结痂的伤口。我不停地走路,因为膝盖的频繁弯曲,伤口每日都在重新裂开。反反复复。安曼异常干燥,对伤口有益。

房间正对着一个咖啡馆的露台,开斋节前夕,露台上夜夜聚满年轻男女,一场又一场盛大的 Party。手鼓、欢唱、喝彩、尖叫,此起彼伏,昼夜不休。我躺在床上,即使半夜被这声浪吵醒,也不感到生气,有时候,我需要这种市井的安慰,尚存人间,贪食烟火。

每天傍晚我都趴在窗台上看一会儿,年轻的男孩子会冲着窗口打一个响指,示意邀请我加入派对。

房间里住着一个来自香港的女生,她来安曼学阿拉伯语,还没租到公寓,暂时住在这里。她的床铺上有跳蚤,或者说,她对跳蚤比较敏感。白天忙着晒床垫、换床单,半夜忙着抓跳蚤、涂药,或换到外面的小沙发上睡觉。于是我主动提出跟她换床。她没同意,照旧每天与跳蚤作战。我们一起去餐厅吃饭,水太贵,看见邻桌的客人点了一大瓶矿泉水,只倒出不到三分之一,结账离开水也不拿,服务生来收拾桌子,我们硬着头皮要回了那支水。一顿饭吃得大笑不止,旅途中难得遇到志趣相投的朋友。

还有一个中国男孩子,一个人在外晃荡了大半年,留着一小撮胡子,像日本人。他去过约旦与叙利亚边境做义工。陪伴那些逃到约旦的叙利亚难民的孩子做游戏,派礼物。

"可是难民并不喜欢中国人。"他说,"甚至有可能对中国人做出过激的行为。"

中国和俄罗斯在联合国安理会对西方提出的涉叙利亚问题决议草案上投了否决票。

这是国家的立场。义工,不应有国界,是吗?我反复自问,心里却清楚得很,没有用,没有用。我不关心政治,可是它存在着,与我们息息相关。

约旦的电视新闻节目,长时间播放叙利亚与约旦边境的实况,简陋的帐篷外积水横流,食物药品短缺,儿童居无定所,救援力量薄弱。镜头缓慢晃过一个少女的眼睛,久久地,她落下一滴眼泪,身后黄沙弥漫,她的家人不知去向。

战争是一种反生物链的杀戮,可是千百年来从未消失。主权、领土、尊严、利益、教派……在生命面前,哪一个更为重要?没有一场战争是人道的,没有。

在伊朗的阿富汗难民

曾经在伊朗的某个村子里,见到一个5岁左右的阿富汗女孩子,父辈们逃亡到伊朗,她于困境中出生成长,从未回到过自己的祖国,亦没有合法的身份,大大的眼睛里满是胆怯与卑微,没有一丝神采。她还那么年幼,却带着一种对命运了然于心的麻木和屈从。我看到了顾曾对我说过的战争浩劫后的人,他们眼里的绝望和空洞。几乎不敢再多看一眼。

腿伤终于在安曼好起来,只是在膝盖上留下碗口大的疤,我估计它一生

【一个印度老人的故事】

都不会消失，一个来自旅途的印记。

这个城市，拥有典型的阿拉伯城市特点，喧嚣的夜市，华丽的清真寺，包着头巾的妇女，开斋节期间大部分商铺不营业，走在街上容易被男人"无意"地触碰。

安曼是一座历史悠久的山城，从山顶俯瞰城区，几乎所有的建筑都是荒漠黯淡的颜色，油黑发亮的主干道突兀地穿城而过，蜿蜒远去。

俯瞰安曼城区

我在烈日下，渴望一场公路旅行，呼啸离去，不问归期。少女时期，我曾强烈地幻想嫁给一个骑着哈雷摩托车的男人，疯狂地冲进未来，浪费掉一生。如今我一个人站在山顶上眺望远方，回首披荆斩棘走过的路，耗掉的青春与勇气，为爱和自由付出的代价，竟然泪流满面。我并未在不断的长途行走中寻找到十足的意义，长时间游离于现实生活之外，谋取生计和未雨绸缪的本领越发不堪。

良辰美景，宛如初见

我对未知的未来充满好奇与试探，但对于追寻与获得的衡量，难免患得患失。每一次开始怀疑前方是否穷途末路时，便不禁想起一个白发印度老人的故事。

他的故事，我已在路上温习过多次。

这个印度老人，是在迪拜的轻轨上遇到的。他看上去像极了电影中能够洞晓未来的智者。他在拥挤的车厢里用双手撑住厢壁，为我留出一小块站立空间。人群挤压我的背包，我快要直不起腰。他忽然开口问我："你在寻找什么？你得到了什么？"没有任何铺垫的问题。他真够特别，并不是由"你叫什么名字"或"你从哪里来"开始与陌生人的对话。我想了好久，才回答："我正试着寻找答案。"

是的，我仍在尝试寻找，等待时间的启示。不得不说，茫然的感受从来没有消失，许多道理并没有参透。对比那些能够领悟出人生真谛的人，我的人生此刻还是混乱如麻。行走不一定能解开谜底豁然开朗，但是好歹，它是我循着内心声音迈开的脚步。

他的嘴角在浓密的白色络腮胡子里轻微地上扬，露出神秘而睿智的微笑，他说："痛恨生活的桎梏，觉得它压抑得好像这节车厢，所以为梦想而奔走。"

梦想，哦，梦想。我是多么羞于提及这个词。小时候，中国式的教育让梦想等同于一个未实现的职业理想，长大了我要成为老师、医生、科学家。但我为什么要成为那些人？心里从来没有答案。我可不可以说，我的梦想是一生自由而快乐地活着？在糊口的前提下做自己喜爱的事情。满足生存的最低需求并不难，但人总是要得太多。因此成为怎样的人，达到怎样的目标，就成了拉开不同人生差距的重要标尺。财富、权势、地位编织出自我实现的经纬，困入其中，步步攀登，以为走在梦想成真的路上。

我实在不认为自己为梦想做了什么值得一说的事情，于是只能回应他一个微笑。

"在迪拜乘坐公共交通没有 RTA 卡可是不方便的事。"他说。

一个印度老人的故事

迪拜的公交车不接受现金，好在轻轨还能买单程票。上车前我用现金在窗口买票，工作人员刚上班一时没有零钱找给我，我在进站口拦住好几个路人才换到零钱。

我嘴上回应着他，心里却想反正我今天就去沙迦，用不了多久就去伊朗，不再需要迪拜公交卡。

"你做什么工作？"

"有时候写作。"

"扣人心弦、跌宕起伏的旅途故事？"

"不，不是的，更多时候，陈述平淡泛滥，令人乏味，读上两页就会睡着。有一段时间我拿自己的文章来治疗失眠。"

"这就是生活。"他说了句法语。

列车高速行驶异常拥挤，因为整个星期五的上午停运，太多的人挤进下午运行的第一班车。我没有挤进女性专用车厢，只好混入男人这边。回想起来，能够在这节车厢里遇到他，实在是一种幸运。轻轨里短暂的十几分钟，他给我讲了一个故事。

"我出生在印度南部一个富裕的家庭，早产儿，先天体弱，童年几乎在医院度过。我有九个健康的兄弟姐妹，可医生说我活不到成年。17 岁那年，我不想再让父母伤心，于是跟着一个老船长出海了。我游历了无数个国家，做过各种各样的工作，赚的钱只够吃饭，但是很奇怪再也没有生过病。30 岁那年，当时我虽然还是个穷小子，可是同一个美丽的印度姑娘相爱并结婚了，她受过良好的教育，我没进过一天学堂，她却深深爱我直到她去年离世。我们生了三个孩子，都健康可爱，现在他们又各自结婚生子了。我今年 70 岁，我的兄弟们认为我不够富有，他们靠能力或运气赚到了一些钱，但没有人过得更加快乐。我每一天醒来，意识到自己还活着，就觉得这一天是额外赚到的，所以不能够虚度。不快乐难道不就是虚度生命？我才不担心生意失败被人小瞧，或者死后遗产分配难题，每当我回到印度，人们总是惊讶地说：'天

啊,他竟然还活着',你瞧,我身上最大的奇迹就是活着,我不得不善待活着的每一天。"

我认真倾听,他已经完全没有印度口音,但语速很快,这令我听得有些吃力,但我想我是明白他的意思的。

"另一种人生的可能性是,17岁的我躺在医院的病床上,服用大量的药丸,双手因频繁注射而布满针孔。我的母亲痛苦忍受了17年,好在她还有其他九个引以为自豪的子女,于是我就放心了。我为自己想好一段苍白的墓志铭,然后在一个普通的炎热的中午,艰难地咽气。"他调皮地翻了个白眼表示死亡。

故事最后以"奉神旨意"来总结他少年时期做出的大胆而神奇的决定。你永远不知道下一秒发生什么,但你知道有一种强大奇特的力量,促使你不得不这样做。

生命简直太奇妙了,无需预设,它的可能性多得超乎你的想象。"这个故事比我写过的所有故事都要精彩,这简直是我重返印度的一个重要理由。"我说。

"哦,如果你真想回印度去,我给你一张卡片,你可以找到我的家乡。"他一边说着,一边在上衣口袋里摸索。这时候轻轨的门打开,到站了,他慌忙向门口挤去,隔着几个人向我伸出手来,我收下那张卡片。

直到后来我也到站下车,才有空从口袋里拿出那张卡片看。这哪里是一张写着南印地址的卡片呢,他把公交车储值(RTA)卡给了我。我有些恍惚,不知道他是疏忽还是故意。他一开始就知道我没有公交卡,如果故意送这张卡给我,那么他的南印地址呢?他的故事呢?是真还是假?我站在冷气十足的车站里,出站的人群迅速散尽,只剩下光怪陆离的高科技建筑。我开始怀疑轻轨上发生的一切,如梦一场,白发苍苍的印度老人是否真实存在?如果是幻觉臆想,可我手中的公交卡又怎么解释?

那张公交卡我没有机会用上,我换车到了沙迦。在沙迦的青旅里,我把

【一个印度老人的故事】

公交卡转送给准备前往迪拜的美国姑娘，并且在空荡荡的只有我们两个客人的房间中，用笨拙的英语重述了公交卡主人的故事。她听得如痴如醉，我说我的英文水平不足以精彩表述。她说，不，我完全明白你的意思，谢谢你告诉我这个故事，这张公交卡我会在离开时转送给下一个需要的人，还有这个故事。

20.性骚扰和舆论

　　我痛恨自己丢三落四的坏习惯,这一次,把护照忘在网吧的复印机里了。隔日准备申请以色列签证时,找不到护照,把脑中记忆重新倒带,确定是丢在了网吧。这个结果糟透了,遗失护照的代价太大。

　　一早去网吧等候开门。开斋节的庆祝大大影响了正常营业,9点已过,许多店子仍然大门紧闭。

　　旁边卖饮料的小店子倒是开着门的。非常狭窄,一个戴穆斯林小白帽的老人在里面做咖啡,紧挨两侧墙壁堆放着成箱的可乐和橘子水,只容得下一个人进入店内。他快速冲兑咖啡的同时,电话铃声从未断过,他抓起电话通常只说两三句话便挂断,新的铃声再次响起。他做好约十杯咖啡时,把它们都放在一个圆形托盘中,举在肩膀上一溜烟便出门去了,并不锁店门。

　　他送完咖啡回来,见我还在店门口,就搬了张小板凳让我坐着。我向他说明来意,他立即给网吧的老板打了个电话,随即温和地安慰我:"护照肯定不会弄丢,不要担心,我们穆斯林不会去拿不属于我们的东西。稍等一会儿网吧就会开门,坐在这里等一下吧。"我完全相信他的话,因为他自己离开店子都不锁门。

　　他忙忙碌碌送了几轮咖啡后,早餐时间已过,他便暂时清闲下来。从壁架上抽出一本《古兰经》,小声地诵读起来。经书已经非常破旧,硬皮封面磨得油光滑溜,烫金字斑驳掉落,内页发黄薄脆,装线也已松懈,但是看得出来,他其实非常珍惜这本有些年头的经书。

　　"这本《古兰经》有多少年了?"我问。

　　"哦,让我算算,这是我父亲送给我的结婚礼物,四十年总有了吧!"

【性骚扰与舆论】

他边说边用手指掐算着数字,又单纯地笑着说,"我从来没有离开过它。作为一个穆斯林,没有比它更为珍贵的东西了。它包罗一切知识,是所有精神和伦理的最终依据。"

他说这些话时神采奕奕,好像体内有无穷的能量,呼应书中一切真理。

在信奉伊斯兰教的国家里旅行,一旦与人们谈到《古兰经》,他们总是乐于传达这部伟大的伊斯兰经典,来自于穆罕默德先知的教义、教规,故事充满了深奥的启示。《古兰经》中对穆斯林的言行、礼拜、斋戒、朝觐、天课、立法等作出了规定,因此我愿意相信,虔诚的伊斯兰教徒言行总是更为自律的。

他再次接到送咖啡的电话,于是小心地收起经书,举起托盘就走了。我看到旁边的服装店也开门了,便走过去看一眼。

一个消瘦的约30岁的年轻人正在店里整理,看到我,便热情地招呼我进去。一些布料堆叠在一起,大部分是色彩鲜艳的薄纱,上面绣着金线和珠子。塑胶模特身上穿着几件做好的衣服成品,古典传统的服装样式。我兴趣不大,正要出门,他叫住我,堆满笑容地说:"楼上有更多的样式,来楼上看看吧。"

网吧还没有开门,索性就上楼看看打发时间。我在狭窄的楼梯前面走,他在后面跟着。二楼空间低矮,一走上去便能发现根本没有任何服装陈设,只是一个布匹仓库,我意识到出问题了。

我在这逼仄的阁楼里转身,镇定地说:"这里没有什么我需要的,我现在要去隔壁网吧。"

他一手撑着墙壁,一手抓住楼梯的围栏,堵住了楼梯口。此时他的脸涨得通红,双眼像含着眼泪似的变得湿润,喉咙里咕哝了一句什么,便向我扑倒过来。

我退让了几步,发现身后再无路可退,只能用手挡住他伸向胸部的肮脏的大手。随后不知哪里冒出一股力量,我忽然面向他,狠狠地掌掴下去。我并不是个任人鱼肉的姑娘,身体因愤怒而瞬间强大。但是,显然我并不是他

的对手。他在几番躲闪后仍然兴致饱满。

在他的店子里与他博弈体力未必是聪明的做法，这阁楼位置隐蔽，连窗子都没有，附近的店子还没有营业，叫喊也不一定有人能听到。我想到了做咖啡的老人，想到了《古兰经》，在他重新扑向我的最后时间里，我冷漠地说：“你听好，我会报警！”

就在那一刹那，他怔住了。无疑，他并不是一个有胆识做更凶险事情的亡命之徒，他不过是想占一下便宜，满足一下欲望，他还不想触犯法律和教义。他又低声咕哝了一句，我听不清楚，不过我知道他的气势正在消散。我又向他扬起手掌，想要趁热打铁揍他一顿，只见他沮丧地垂着头，也不回避我伸出的手，用英语哀求道：“不要叫警察好不好？”

我心里突然觉得可笑，大声对他喝道：“那你还不赶紧让开！”

他乖乖地让出楼梯通道，我头也不回飞奔下楼。

我看到饮料店的老人已经回来，便跑到他身边去，想了一下，把事情经过全告诉了他。他表示不可思议，一边失望地摇着头，一边叹气，遗憾地说："穆斯林不应该这样，太过分了，他这样做太过分了！"然后他用手指向街边说，"警察局就在那里，你可以报警，如果你愿意的话。"

这时候，另一家服装店也打开了门，一个胖胖的中年男人走到外侧来擦玻璃。老人走上前，与他谈论了几句，转述了我的遭遇。

两人又靠近我，胖男人再次询问了事情的细节，以判断其真实性，最终流露出与老人一样遗憾的表情。

尽管他们都告诉了我警察局的位置，但是我能感觉到他们心里并不希望我报警，张扬此事。一方面那可恶的邻居与他们相识，一方面他们为一个卑鄙的穆斯林的行径感到羞愧。胖男人犹豫了一会儿说："话说回来，报警是没有证据的。"

骚扰未遂的确缺乏证据，这样的事发生在中东好像也很寻常，我倒并不一定要靠警察来主持正义。我看到老人走到色狼的服装店门口指着里面骂了

【性骚扰与舆论】

几句,胖男人也跟了过去,大声叫他出来。那个消瘦猥亵的男人小心翼翼地探出头来,四处张望,他一定在担心是否警察过来了。他们三人站在门口用阿拉伯语快速辩论着,几分钟后,胖男人翻译给我:"他说他并没有骚扰你,只是地方太小碰了一下你的胳膊。"

我走上前去,指尖快要顶到色狼的额头,我正视着他,大声说:"你再说一遍!"

他结结巴巴,不用英语与我对话,只是跟胖男人软弱地解释着。

胖男人又翻译:"他说因为你很漂亮,可能他不小心碰到了你,但只是碰到了胳膊。如果你介意,他向你道歉。"

我淡淡地说:"只是胳膊的话,何需央求我不要报警,这不用向我道歉吧,多么蹩脚卑劣的理由!"

好吧,如果这时他还要扭曲事实,我是要给他一些惩戒的。我看到周围的店铺陆续在开门,网吧老板也来了,我上前去跟每一个人说了刚才发生的事。他们都表示震惊,纷纷走到他的店门口指责他的行为。他躲在店里再没有探出头来,一句回应也不敢了。

我从网吧里取回护照,心里一块石头落地。小巷子里每一个人对我的遭遇都表示了同情和歉意,对色狼鄙夷和漫骂。虔诚的伊斯兰教老人几次向我弯腰道歉:"请原谅,穆斯林并不是如此,这只是少数情况,真抱歉。"随后老人亲手做了一杯咖啡请我喝,告别时他说:"这真是糟糕的经历,希望不会太影响你的心情,旅途愉快!"

舆论的力量甚至比警察更为强大。我或许太过刻薄,而我无非只是希望他能为自己的行为感到一丝懊悔和不安,为信仰心存臣服和敬畏。

21.我不是非法劳工和妓女

开斋节刚结束便去申请以色列签证,而后又恰逢以色列节假日,需要多等几天才有结果,于是我去了趟瓦迪穆萨。三天后返回安曼,去以色列大使馆取护照,我的签证申请被拒绝了。

"为什么去马来西亚?"

"旅行。"

"为什么去阿联酋?"

"旅行。"

"为什么去伊朗?"

"旅行。"

"为什么去黎巴嫩?"

"旅行。"

"为什么去这些国家旅行?"

我糊涂了,这算是一个好的提问吗?如果你们被允许去以上国家旅行,也许你们也会觉得那些地方真是不赖。可我没有说出口,只是使用了惯常得体的理由回答:"我就是想看看这个世界"。

在旅途中,遇到过多次以色列人,他们似乎对流浪的方式习以为常,虽然历史上的被驱逐、迁徙、流亡是那么的残酷悲凉。旅途中的以色列人,大多个性直率乐观,自由自在,甚至显得有些肆无忌惮。他们把拮据、困难、肮脏这些字眼看得很淡,总是爱说"一切都会好起来的"。在格鲁吉亚我曾帮五个徒步露营的以色列男孩子做过一顿米饭,他们热爱旅行,团结友善,幽默睿智,落落大方,而进入他们的国家旅行,却是这样的艰难。

我不是
非法劳工和妓女

"为什么要去以色列？"

"旅行。"

结果我被拒签了。

护照最后一页，被盖上一个小小的长方框印章。在这本护照的使用期限内，我几乎不可能再进入伊朗、黎巴嫩、叙利亚、苏丹等伊斯兰国家。

这一段时期拒签频繁，不能幸免在意料之中，我认为我准确地表达了对以色列的向往和目的，但我并不能为动机的单纯性提供更多的证据。

《圣经》中那片流着奶和蜜的迦南土地，成为心头魂牵梦萦的挂念和遗憾。

一个约旦的巴勒斯坦男人同样被拒签。我们一起离开使馆，我问他去以色列的目的，他说："我的亲人在那边，也许过去工作，你知道，那里的经济比较景气。"他认定我也持有相同的工作目的，并且跟他一样失去一份收入可观的工作机会，因为同病相怜他请我喝了一杯咖啡并抢先付了公交车费。

我数出零钱还给他，他怎么都不要，在公交车上推让一番，引人侧目。我哭笑不得，问他："我看起来特别像准备长期滞留国外的打工者吗？"他颇为同情地点点头。

中国劳工在海外数量庞大，其中有许多是非法劳工，不乏从事色情行业的女性。我曾经也把有悖法律和道德的人看得很低，认为他们投机、虚荣、贪婪、无序、沦丧……但归根结底，所有的不堪，不过是一场命运不济的人生罢了，我只是恰好在这一个轮回中获得了与之不同的谋生方式而已，而生死永远是平等的。在文明社会定义的等级分化中，我更愿意像只动物一样看世界。

公交车上人不多，几个东南亚面孔的妇女穿着色彩鲜艳的裙子，佩戴着闪闪发光的廉价首饰，首饰多得就像堆砌在假模身上准备出售。看上去她们互相熟识，分着吃一袋剥了皮的仙人掌果实，一路说笑。两个来自非洲的青年，坐在最后一排座位上，长得结实黝黑，把头凑在一起读一本《古兰经》，

口中念念有词。

约旦男人在我耳边低声说:"我们这一车人,都是一样的。为了生活得更好,只有走出去寻找更好的工作机会。当然我认为巴勒斯坦是我的家乡,而不是别处。"

他主动把车上的人归纳成了同一个阶级,顿生一股同志般的阶级友情,仿佛大家能够共同读取到某种只有同类才会携带和明白的秘密信号。之前我已经向他说明我只是在旅行,并不打算留在约旦或以色列工作,显然他不相信。这也是我之所以未能成功说服以色列使馆工作人员的原因吗?

我不免对着车窗玻璃自我打量起来,头发又长长了总是显得凌乱,长时间背包导致衣服的肩部和腰部摩擦起球,右边裤褪卷起一截,膝盖上的血痂正斑驳脱落。低头看看人字拖鞋里的脚是黑的,长了硬茧。这一切,除了像经历过长途跋涉,也许更像一个生活困苦处境卑微想要见缝插针获得工作机会的非法滞留者。

回想起以前的样子,那时我还是个好看的姑娘,能够让自己生活得看起来体面。现在,我没有收入,开支吝啬,舍不得进餐馆,舍不得买双新鞋和防晒霜,为街边的一杯甘蔗汁讨价还价,可我怎么一点儿也不觉得凄苦难堪呢?这种状态反而令我自在,席地而坐,无所顾忌,在路边的免费饮水点用公共杯子咕噜咕噜灌下几口凉水,顽皮地冲漂亮姑娘吹一声响亮的口哨,走走停停,笑的时候开怀,想哭的时候,就在陌生的人群中,不必掩面。

西边金色的太阳洒进公交车内,光线忽明忽暗。富人区浅黄色的石头房子一栋一栋划过,地表上空飘浮着一层细细的黄沙。这个国家,沙漠面积占百分之八十以上,视线所及似乎总是一片荒芜单调的沙尘。安曼有着令人迅速疲劳的景致,可是此刻坐在公交车里,晃晃悠悠,穿城而过,并不需要为身份做任何标注解释,亦没有什么事情迫在眉睫,我发现旅程几乎变成一种脱离现实的真空状态,你只需要是自己,而不用扮演传统价值观给你的命题角色。这是一种甘愿的生活方式。或许它不合常理令你显得有些愚痴,但是

我不是
非法劳工和妓女

当舌尖碰到悬崖上的浆果，只有自己能够体会那对生命拓荒的甘甜。

约旦男人跟我在同一站下车，"你也住这里？"我问。

"哦，不是的，我想跟你谈谈。"他吞吞吐吐地说，"如果……你需要钱的话，我可以给你。"他说完，低着头不敢看我，脸涨得通红。

"给我钱？"我反问道。随即我明白了他的意思，我不仅是一个可疑的非法滞留打工者，而且从事的工作是性服务行业。有几秒钟我陷入一片茫然，只是疑惑地盯着他看，我并没有为这种误解而生气。我听说过，看到过，也亲历过，某种身份的尴尬。我平静地对他说："你真的弄错了，这不是我的工作。"

他对这个结果竟然表现出一种惊慌，一边后退，一边不停地说："对不起"，然后迅速隐入人群之中。也许他尝试谈论特殊交易的次数并不多，因而表现得很不熟稔，既羞涩又难堪。

我看着这个年轻朴素的男人的背影，在跟他认识的一个半小时里，他给我的印象并不坏，我几乎要开口问他有没有时间一起吃晚饭，以报答他始终不肯收的车费和咖啡钱，可是他抢先以嫖客的身份结束了关联。

这种身份的误解仅仅因为我看上去贫穷落魄并且长着中国女性的面孔，即使我的行为并没有任何性工作者的迹象。

回到旅馆，前台的胖男孩问我明日是否续住，我心中顿时涌起一种无处可去的落寞感。"让我想想……让我想想。"我喃喃自语。这种感觉不仅仅是以色列拒签带来的失落，还有一种不知为何突然发酵放大的孤独。长时间的行走一样会暴露出日常生活中所有的情绪。我跟胖男孩要了一杯冰水，靠在前台那儿喝完。明天启程去埃及吧，我说。

桌面上的登记薄是打开的，只是不经意地看了一眼，偏偏看到一片扭曲难辨的字母中有顾的名字，入住日期刚好是我去瓦迪穆萨的那天。我轻轻拼读出他的名字，才被冰镇过的心又凌乱起来，在我离开安曼旅馆的三天时间里，顾竟然住过这里。

"你认识他?"胖男孩暧昧地挤挤眼睛问道。

"嗯,一个朋友。你知道他去哪里了吗?"

"正常都是一路向南然后进埃及吧。他没有申请以色列签证。"

"反正最近以色列会拒签,不如直接放弃。"我笑道。

一边跟胖男孩聊着天,一边上网查埃及的资料。旅馆里只有我们两个人,胖男孩不停地奉献出他私藏的甜点给我吃,为庆祝斋月结束,他在附近著名的甜点铺子里买了许多,好像要把过去一个月克制的食量全部补回来似的。

"他一个人吗?"

"嗯嗯。"胖男孩塞了满嘴的甜点,从鼻子里发出声音。又喝了一口水吞咽食物,含含糊糊地说道,"生意不景气,每个客人我都记得。就睡在你那张床上,刚好你退房去了瓦迪穆萨,他昨天早上才离开。对了,他拍了不少好看的照片呢,还会吹口琴,我说得没错吧……"

我含着小块甜腻的油炸糕点,微笑着听他说起顾。有一刻我陷入一种奇妙的熟悉的意境之中,马苏雷那被群山环绕的古老村子里,一个短促的含泪的凝望,连大雨都变得寂静无声。怎么会突然又想起伊朗,告别后我对顾的牵挂越来越虚缈,竟然借着当下旅馆里的这一丝痕迹突然变得生动具体。

甜味一定是具有某种快乐力量的味觉,就这样无缘无故地,笑起来。

电脑里突然跳出子轶的信息:"这几日贝都因人在山里举行婚礼,何不再来瓦迪穆萨看看?"

22. 强奸的传闻与传统的婚礼

我在约旦瓦迪穆萨,贝都因的村子里,把一辆破旧的吉普车开得飞快,夕阳洒在玫瑰色的岩石上。西边的太阳还有一点儿刺眼,有时我短暂地扭过头眯起眼睛避开公路上金色的反光。很少有车经过,偶尔遇到大片的羊群从路边的山坡下来,放牧的孩子只有七八岁,骑着毛驴或骆驼,看见我在驾车,便嘹亮地吆喝一声。我摘下破草帽朝他们挥舞,落日把天空染得绯红,驼铃声走了很远还能听到。

是的,我喜欢这里。

大片赤红的岩石和沙漠,寸草不生,气候炎热干燥,一些关于贝都因的传闻骇人耸听。可是就在这儿,隐藏在深谷岩壁中的神秘雕刻和那曲折幽长险峻陡峭的甬道,是古老壮观的佩特拉。古代纳巴特王国的都城。佩特拉玫瑰色的宫殿足够令人着迷,然而,如果你也像我一样,跟着游牧的贝都因人,喝完一杯又一杯香甜的红茶,夜夜躺在它深邃空寂的蓝色星空下,睁开眼便是清晰的银河,听大风穿过深远的峡谷发出轻鸣,你会发现自己是多么眷恋这片远离文明的土地。

副驾坐着车主贝都因人易卜拉欣,他一路都在低声说,慢一点儿,慢一点儿,换三挡,转弯减速。

安慰他,相信我,我有把握,这里的路况比中国任何一个城市都要好,简直让人忍不住撒野。

我不过是撒撒野,在可控的自信中。不是冒险,去跟生命打赌。输掉性命,现在还太早了一点儿,我还要再看一看外面的世界。

后排座位上是子轶和塞拉姆。

良辰美景，宛如初见

　　这是我第二次返回瓦迪穆萨，因为子轶在这里。他仍留在此帮助他的沙发主易卜拉欣做网站。以色列拒签后，我正在安曼犹豫去向，子轶的信息令我兴奋，是啊，难道我不想回来看看贝都因人的婚礼？或者再见见子轶？我毫不犹豫地又回来了。

　　子轶从中国骑自行车出发，骑到约旦时，我们见面了。他就像一个传说，独自骑车已超过一年，还要继续往非洲去。此时在我看来，他不过就是个单纯羞涩的大男孩。

　　我在伊朗和亚美尼亚边境时对他的疑问终于可以当面说出。

　　边境如此荒芜炎热，前路绵延无尽，需要多么强大的信念和毅力支撑寂寞的骑行？

　　没有豪言壮语，他害羞地笑着说，一个人骑车寂寞时，我就跟树说话。

　　子轶身上有着一种难以理解的澄净美好，他用自己喜爱的方式行走世界，大家眼中那种极限的艰辛和近乎疯狂的孤寂，于他而言，不过是与自然的对话。孩子一般的内心世界。

　　子轶旁边的塞拉姆，一路跟我一起发出惊呼，伸出手去跟羊群打招呼。

　　塞拉姆，哦，可爱的塞拉姆！他会说几句英文，最爱重复"新鲜柠檬汁"、"明天我要去罗马"、"抽水烟"、"日本人"，很奇怪，毫无关联的一些词句。他14岁了，但他们说，他只有五六岁孩子的智商。他很勤劳，浑身都是劲儿。情绪持续亢奋，喜爱交谈，但翻来覆去就是那几句英文。可是无论如何，他永远快乐着，不知疲倦地快乐。这种快乐极富感染力，只要他在身边，大家都莫名地乐着，跟他一起手舞足蹈，没缘由地冒出一句"新鲜柠檬汁"。

　　他是那样的可爱，没有任何人嘲笑他。但是，若在中国呢，与这样的孩子相处，有时候我们笑了，不过因为他是一个笑料，并不是我们体会出了天真孩童世界的欢乐。在这里，没有人把塞拉姆当作智障的病人，他们分派给他力所能及的工作，耐心与他交谈，不反驳他的逻辑，也不哄骗他。

　　易卜拉欣说，塞拉姆的世界很简单，所以他拥有比我们更多的快乐。我

【强奸的传闻与传统的婚礼】

们的烦恼来自于,把问题想得太复杂。

我们正开车进山里,参加一场贝都因人的婚礼。日落惊艳而急促,太阳一落山,天就全黑了。

今天中午当我从瓦迪穆萨的旅馆离开时,前台的中年男人听闻我要去贝都因的村子里居住,脸色大变,拿出两页游客的留言让我看。不用看我知道那上面大概写的是什么。

我曾遇到过与我反方向旅行的游客,有人说,不要去贝都因人那里,传闻他们强奸过游客,一个女生被轮奸后差点儿性命不保。

这样的传闻我不止一次听到过,可是现在,我要去那里。我还是仔细阅读了旅馆前台的那两页纸留言。在我低头看时,前台的大叔在旁边绘声绘色地描述游客被强奸的情形,发出奇怪地拟声,好像拍电影一样卖力表演。这让我觉得恶心。强奸事件如果是真实的,对贝都因人和游客来说,都是遗憾,无须模拟重现过程和细节来震摄后人。

我把留言纸还给他,说:"谢谢你的提醒,我的朋友在那里,我会没事的。再见。"

他一直追出来,喊道:"不要去,你会后悔的,你会后悔的!"

也许这传闻是真实的。现在我知道了风险,应该更容易判断和规避它。而且,子轶会保护我周全。我信赖他。

我把车开上公路外面的一小片沙丘,那里已经停了些车,婚礼的帐房里亮起了灯。易卜拉欣冲我竖起大拇指,他悬了一路的心终于放下。"好司机。"他说。

当地的婚礼通常在山里举行,男女宾客分开,隔着一段距离,互相不能看见。搭上一圈宽大的毡篷,人们在下面煮茶和咖啡,几只巨大的锅里准备着晚餐。中间一块露天的空地,用来跳舞。

易卜拉欣对我说:"你到女人那边去吧,我妈妈和姐妹都在那里,她们会照顾你的。"他用手指了一下山的另一头,望过去漆黑一片。

我渴望亲眼看一看沙漠里神秘的贝都因女人们,看看她们黥染在面部和手足上的神秘花纹。可是月光下的荒石山显出几分狰狞的阴影,我害怕离开子轶独自前往,不得不说,旅馆前台大叔的表演起到了一些作用。我问易卜拉欣:"我可否留在男人这边?我想跟你们在一起。"

他没再坚持,于是我留在男宾这边。唯一的女性。我无意挑战他们的习俗,另一个原因是,我不知道孤独无措地混在陌生的不懂英文的当地妇女中间,是否有可能因为无知而触犯更多的禁忌。在这里,至少易卜拉欣和子轶会提醒着我。我那样地依赖子轶。

坐下后,两个年轻人开始给我们倒茶。小小的杯子,一口可以喝尽。他们端着茶壶和托盘站在身边,待喝完一杯,又给倒满。如此反复,只要送还空杯,必又送上满杯,我望向子轶,这什么时候是个头啊?他摇摇头表示也不知道,只能一杯又一杯喝完。

易卜拉欣包着整齐的红白格阿拉伯头巾,部落里的人时常过来与他打招呼攀谈,他手指夹着香烟,不太爱笑,年轻人对他态度谦卑,小孩子更是不敢与他亲近。他沉着淡定的样子,俨然一个黑手党的重要人物。

他看见我正一脸惶恐不停地喝茶,在旁边微笑起来,向我们解释这种倒茶的习俗,如果谢绝再饮,就要做出一种手势,否则他们会一直为我续杯。

他向倒茶的年轻人示意了一下,我这才松了一口气。

前来参加这场婚礼的宾客很多,但对于一个在拥挤的城市里蜗居多年的人来说,沙漠里的一切都显得过于空旷辽阔。一些男人在空地里围成圈跳舞,几个老人用力拍打着古老的羊皮鼓,明明是热闹的景象,无奈天高地阔,夜色宁静,舞蹈看起来便有了几分清冷稀疏。

今天已经是婚礼的第三天,通常传统的贝都因婚礼会持续五天,邀请所有的亲朋好友出席。这一天我没有见到新嫁娘,因为婚礼头三天,按习俗新娘仍住在娘家。

【强奸的传闻与传统的婚礼】

贝都因人是古老的游牧的阿拉伯人，父系社会，信奉伊斯兰教。主要分布在西亚和北非沙漠及荒原地带，曾是阿拉伯半岛部落氏族社会的主要组成部分。他们世代迁徙，以游牧、狩猎为生。崇尚自由，放荡不羁，不服从除了部落酋长以外的任何法律和政权。至今贝都因人仍保留着居住毛毡帐篷或山洞的习惯，以及一夫多妻制和族内婚姻。

我混在男人的世界里，耳边全是听不懂的阿拉伯语。也许因为婚礼的神圣场合，以及我是易卜拉欣和子轶的朋友，所以即便我是这里唯一的女性，似乎也没有引起任何男人的特别关注。

我跟子轶在毛毡帐篷边坐下，仰头看着皎洁的月亮，都没有说话。不知道他在想什么，我脑海里出现的是三毛笔下的撒哈拉，《娃娃新娘》像电影画面历历在目。沙漠、地毯、羊皮鼓、骆驼、歌唱、小小的女孩儿、洞房里凄厉的叫声……时代变了，文明进步了，如今沙漠里的婚礼是双方自由选择的结合吗？是否仍恪守着对女性贞操的苛求？

易卜拉欣对婚礼的兴致不高，与一圈人打完招呼，不等开饭，便大手一挥，我们全都钻进吉普车里。他说："走，烤肉吃。"

他把车开上苍茫夜色中的公路，我们也不问去哪里。管他上哪里去呢，我已经爱上这游牧的生活，随便一块岩石、沙丘或洞穴，都能视之为家，安心自在。

几年前，我曾遇到一对朝圣的台湾母子，进行一场长达数月甚至数年的修行之旅。他们有一辆破旧的人力三轮车，那6岁的男孩一直称它为"家"。车上堆满杂物，煤炉、铁锅、水桶、草席、被子、雨伞，一个印着化肥字样的编织袋里鼓鼓囊囊装着衣物，栏杆边缘晾晒着颜色灰暗的毛巾。大部分夜晚他们睡在车上。那时候，我固执地认为家可以贫穷简陋，但它不可以在路上。这怎么是家呢？我从不把旅途中睡觉的地方称作"家"。小男孩的身上密布着蚊虫叮咬和挠破的痕迹，脸上浮着一层灰尘，他绘声绘色地告诉我，他们的家曾遭遇过寒冷、大雨、故障、驱逐等种种考验。我望着这伤痕累累

的三轮车，它在那里，载着他们的行李和希望。"心安处即吾乡。"他脱口而出。我一下子怔住了，他才 6 岁，并未受到传统的学校和社会教育，跟着一个看起来不太寻常的母亲四处流浪，证件过期，也许面临无法返台。可是他说，心安处即吾乡。他在风餐露宿的旅途中，亲手抄写经书，一页一页念给我听，眼睛里有着成人的坚毅和幼童的纯真。这个孩子，突然间让我看到，人的郁结难抒，欲壑难填，许多时候不过是无法心安的痛苦。

23. 沙漠里的安全感

当晚在山谷中露营。

陆续来了好几个贝都因男人，其中一个男人带着他的法国女朋友，这美丽的姑娘会说阿拉伯语，两人如胶似漆。还有三个人不知在哪里喝得烂醉，围着篝火打着拍子跳舞，拉我一起跳，子轶拦着不让去。易卜拉欣把鸡肉和茄子包在锡纸里，埋进火坑当晚餐。

不一会儿，他们开始卷烟叶抽大麻，围成一圈每人抽一口，我和子轶都不抽，在他们眼中扫兴极了，还是一再地递过来。

这场景让我想起印度果阿的海滩，嬉皮士们在跳蚤市场结束后，蜂拥至沙滩上狂欢，大家都喜欢大麻。我问一个扎着脏辫子的犹太姑娘，抽大麻是什么感觉。她认真地说，爱，被爱的感觉，它弥补了爱的缺失。

我试着慢慢理解她的话，可是在我的逻辑中，爱怎么可以被其他事物弥补填充和取代呢？我没有碰过大麻，但我想，它仅仅能实现麻木，短暂地忘却爱，而不是弥补爱。爱空缺了就是空缺。匮乏的事物，必须经由自身来积累、重建、丰满、复苏，任何外力都难以救赎。那天果阿的月亮特别圆，我在潮水中走向礁石，海浪声声，忧伤的吉他手唱

山谷中露营

着"Where are you, Where are you now, And who's by your side, Can't hide for a lifetime……"有人用啤酒瓶子和砂子堆砌成泰姬陵的形状,肩膀文身的欧洲女孩儿踮起脚亲吻黑人男友,缠缠绵绵,好像可以吻到海枯石烂。

每个人都在诉说着爱。看起来,大麻的作用并不怎样。

今晚的月亮也是那样圆,低低地悬挂在山顶。圆月下的山谷白光一片。他们说今晚月亮会呈蓝色。蓝色的月亮,像童话里一样。我兴奋不已,子轶子轶,你可见过蓝色的月亮,月亮当真会变成蓝色吗?

几只野狗闻到食物的香味渐渐围拢过来,试探靠近,叼走一些鸡骨头,互相撕咬争夺,发出凄厉的惨叫,眼睛在月色下散发出诡异的绿光。

有一个醉酒的男人,侧卧在身边,解开裤子就开始小便。子轶刻意帮我挡着那情景,又把我的地垫和毯子挪得更远一点儿。他低声说:"不要怕,有我在。"

我跟子轶说起在旅馆前台那里看到的留言以及听到的传闻,贝都因人真的强奸过外国游客吗?我们都没得到证实。但子轶再次说:"有我在。"

有我在。

即使仅仅出于对我礼貌的照顾,听起来也是那么的令人安定踏实。无论大麻和酒精怎样令人意乱情迷疯狂无畏,只要子轶在身边,我知道我便是安全的。

慢慢地,他们飘飘欲仙昏睡过去。山谷里静极了,只听见炭火发出的噼啪声和苍蝇盘旋的嗡嗡声。

头顶便是朗朗星空,夜风清凉。闭上眼,却看见繁茂森林里的湖泊,光影柔软。岸边长满浓郁的野姜花,枝茎笔直纤长,花朵洁白旺盛。盛装舞步的麋鹿,像前一世的恋人,不曾躲闪。月已圆满。

这景象一闪而过,像记忆,又像是憧憬,大约都是不该存于世间的片段,所以,只能在这样的夜里,静静地呈现。7月15日,约旦。我又看见自己在小雨中赤足涉水,伏下身去啜饮清澈的湖水,仿佛赴一个神秘的约会,提

沙漠里的安全感

前抵达，喜悦等候。

我愿意一直等下去，请不要让我醒来。我知道，这秘境通往何方，它就是我的九又四分之三站台。

他带我穿过嫩绿色的走廊，天花板上几个木制的吊扇吱吱呀呀地转着，东南亚明媚的阳光透过层层香蕉树叶，斑驳地打在走廊的墙上。来，把这里当成家。他说。窗户栏杆上盘着一条手指粗细的小青蛇，芒果和木瓜在树上成熟了，鸡蛋花在风中悬转着落下，满地都是。

书桌上一个打开的记事本，潦草地写着一些故事碎片。他走过去合上记事本，轻轻地说，故事还没写完，那就算了吧。以后的故事里会有谁呢，我惶恐不安，如果将要孤独地走完未来的路。

我想，人的一生总会有一两个忘不掉的地方吧。

越南，竟然是，除了家乡以外，我生活得最久的地方。稍稍用颤抖的手拂去记忆的匣子上的灰尘，那里的颜色、气味、温度便会如乡愁一样扑面而来，瞬间涌上心头。

他跟我说起捡骨的习俗，人去世下葬后的几年，由家人后代安排开棺，将尸骨捡起，依序放入骨瓮中，重新正式安葬。

死亡那样令人绝望，可不可以不要谈论它，可不可以？人需要多大的勇气或者绝望才能独自结束生命？在仲夏的热带夜里，没有告别，决绝而去，去而不返。无路可走的爱，还是爱吗？

我在许多年以后，才可以简单而诚恳地认可这羞耻的情感是生命的一部分。

雨季的湄公河，浑浊奔腾，水面上漂浮着顺流而下的粗壮树枝和腐烂的果实，河水冲刷两岸的泥土，翻腾出一股浓重的腥味儿。河岸的椰林被暴雨打得残败不堪，雨点落在叶片上，发出急促的啪啪声响。几个黑瘦的男孩子在泥地里踢足球，大力地奔跑，摔得满身泥浆，那样蓬勃旺盛的生命力。路边简陋的雨棚下，堆满青翠欲滴的新鲜椰子，戴斗笠的越南妇女娴熟地用刀

劈开坚硬的表皮,她的眼睛大而清亮。

这是我熟悉的越南,犹如飘荡着乳名的故乡。在这里的岁月,我的头发像野草一样强盛地生长,长过腰际,每日编成明亮的麻花辫子,轮廓和肤色逐渐长成越南女人的样子,青春像阳光下大簇明媚的花朵,花期漫长不知停歇。他说:"你像我年轻时爱过的一个姑娘。"

那样炙热而暴烈的爱,拥抱时却会无由地掉下眼泪。

人若要抛开滚滚的尘世生活,潜入遥远的深海,注定要与过去和现在痛苦地割舍。一个说爱我的男人,用死亡的方式做出选择。那漫长无尽的夏季啊,烈日如鞭笞一般,从千里之外赶赴而去,过往的时光如他的肉身一样,燃成一捧灰烬。

要穿过河岸的泥泞,把这灰烬扬洒于湄公河中,那么难。那么的难。乌云瞬间蔽日,突如其来的暴雨倾泻而下,原来真的有一种疼痛叫做肝肠寸断,实实在地从体内蔓延开来,要如此用力地支撑着肉体它才不会倾倒下去。

我要把你留在越南。西贡,西贡,你轻轻地说,我爱这条浑浊的河。

我此生不愿再踏上那片狭长炎热的土地。一个人要做到对过往的情感置身事外,必然已把心磨砺成坚硬的核。可是7月15日,我从遥远干燥的沙漠行至水草丰满的越南,像一个流离多年后归家的孩子,哭泣起来。

你瞧,你种下的睡莲已经开花。他牵着我的手去湖边看花,低头穿过一小片芒果树林,白色的裙摆被草丛叶间的露水打湿。湖上那浅紫色的花朵已经开败,花瓣边缘被太阳灼伤,颓废地卷曲起来。我亲手种养的睡莲,却从未看过它最美的时光。并肩站在湖畔,他忧伤地说,终究是错过了。我的眼泪瞬间溢出,错过的岂止是满池的芬芳,我们何曾有过正确的交集,你渐渐衰老,我尚不经世,路怎么走都是错。

还要过多久,在想起一个人的时候,才不会泪流满面。

半夜突然惊醒,月亮就在头顶,又大又圆,透着诡异的蓝色光晕。这颜色太奇妙了,如果不是在梦里。我稍稍起身,看到易卜拉欣和他的贝都因伙

沙漠里的安全感

伴们裹着毯子横七竖八地沉睡,篝火熄了。子轶躺在身边,把我跟其他男人隔开来,好像乱世里的一丝安全感,于是我用手背抹掉眼角的泪,在这玫瑰色的岩石上睡到天明。

24.一场狂热仓促的爱慕

我第一次来瓦迪穆萨时,在路上搭了一个男人的顺风车。他说他是贝都因人,我心里就一紧,条件反射地摆出一副"不要打我主意"的冰冷表情。事实上,他并未有任何过分举动,将我送到目的地,便礼貌地道别。

当天下午,我在路边走,一辆车缓缓停下问我去哪里,我说出旅馆名字并问他多少钱。在瓦迪穆萨,免费的顺风车并不好搭,许多司机会收费。他说:"嘿,姑娘,你不记得我吗?早上也是我载你啊!我载你都是免费的!"我仔细观察了一下车窗内的男人,他长得很帅,轮廓分明,睫毛卷翘,看上去生活优越,T恤被精心熨烫过。我真是一点儿印象都没有。我问他:"你确认早上载我去过小佩特拉?"他的表情简直就像要去撞墙,双手拍着方向盘,痛苦地说:"哦,天啊,就算你不认识这个车,好歹你应该认识我的脸啊,我免费载过你,你却毫无印象。哦,老天!那么现在你是想暴走回旅馆,还是赶紧上车来呢,姑娘!"

他的表情令我惭愧和抱歉,即使我患有脸盲症,也不应该记不清早上帮助过我的人,实在无法原谅自己。或者说,并不是记不清他,而是早上一直处于防备状态,脑子里反复出现"贝都因男人强奸游客"这可怕的传闻,因此不敢认真看他一眼。

他在镇中心停车,下车买了两个鸡肉卷,送给我吃。我那可怕的神经又绷紧了,连忙推让。我为什么会对他表达出的善意而紧张呢?说到底,那个传闻给我的印象太深刻,究竟是真是假,我并未证实,可我已经穿上厚厚的盔甲。"不不不,我一点儿也不饿。"我说。他微笑着,刮干净的络腮胡子,有两个迷人的酒窝。他想了一下说:"那么留下一个等你饿的时候再吃吧。"

一场
狂热仓促的爱慕

于是我只能道谢,把一个鸡肉卷装入包中。

通向旅馆的路,有一个极陡的上坡,不想麻烦他开上去,走路只需几分钟,但他执意把我送到旅馆门口。

下车前,他问我:"你为什么这样害怕我呢?我并没有伤害你。"

我忽然愣住了。我的表现是多么明显多么糟糕啊,他能感觉到的。

我低头沉默着。

想起在印度,夜晚的火车,睡中铺,半夜一个男人爬上我的床,挤在脚边坐着。那时的我,警惕而刻薄,认为黑暗中悄悄爬上女性床铺的,只有小偷和色狼。于是我坐起来,严厉地请他下去。他听不懂英文,没动。我究竟是因为年轻还是因为女性这种身份而娇纵无比呢?那时的我只觉正义凛然,勇敢无畏,恨不得教导天下姑娘如何防范危险。当时我就大声叫起来,吵醒车厢里其他人。旁边一个印度年轻人打开手电,用英文问我发生什么了。

我傲慢地说,我就是不允许这个人坐在我的床上。

事实上,他并不是小偷或色狼,没有人指责他的行为。天亮时他仍然在车厢里,并没有因为做了什么坏事逃逸。他挤在另一处狭窄的床边,困倦极了。不过是一个没有床位和座位的普通乘客。不过如此。未曾冒犯和伤害我。

我在他们的国家旅行,处处得到善意的照顾,我一方面热衷于享受自由包容淳朴,一方面又像个惊弓之鸟。

贝都因男人深深吸了一口气,反过来安慰我:"不要害怕我,不要害怕我们。你一定在想,我免费载你,是不是有什么企图。你是个好看的姑娘,我真心喜欢你,喜欢和你待在一起。你需要一点点时间了解我,到时你可能就会接受我。"

听到最后那句话,我又紧张起来,慌忙解释:"你不了解中国姑娘,大部分中国姑娘很传统,我们不太习惯与陌生人搭讪。我们对爱情和性非常保守,我并不是那种……"

"你是指一夜情吗?哦,我也不喜欢那样。我知道爱情与性的区别。"

他哈哈大笑,又说,"你一定听说过那个新西兰女人吧?Married to a Bedouin。"

新西兰女人玛格丽特 1978 年与当地贝都因男人穆罕默德相恋,生育了三个孩子,她至今留在佩特拉。

我抓着门把,因为紧张而打不开门,其实车就停在旅馆门口,我不可能发生危险,我害怕的不是危险,而是话题谈到了"爱情"。我并不想尝试谈论不会开始的爱情。

他侧过身来,帮我开门,但很小心避免触碰到我。看到我把身体紧紧向后贴着椅背,他又笑起来,轻声说:"你简直可爱极了,中国姑娘。我不会伤害你的,相信我。我会再见到你吗?你介意我晚上五点在这里接你共进晚餐吗?只是吃饭。我喜欢你。"他用了"Like",不是"Love"。我从心里感谢他能够谨慎用词。

我跳下车,拍着背包说:"我有鸡肉卷呢,晚餐就不劳烦你了。谢谢你为我做的一切。"然后我转身进了旅馆。

在尼泊尔和印度,走在街上偶尔会遇到突然求婚的男人,当成玩笑,虚荣心短暂膨胀。这个贝都因男人并不令人厌恶,年轻英俊,风度体贴,热情自信,多看一眼都会陶醉。可我知道,我要什么,我不想在旅途中寻找爱情。我对顾的情感,虽然认真,但是那样的缥缈,就像认真地做了一场梦。醒来后大汗淋漓,虚实难辨。我何以会喜欢顾呢,我答不出来,是因为一再地相遇么?还是因为掌心里飞出的萤火虫?但那终究已经过去,还未开始便已结束。一段关于爱情的臆想罢了,我不想再尝试。

五点钟,他的车不在旅馆门口,我倒开心起来,步行去找子轶,刚刚跟同在瓦迪穆萨的子轶联系上,背包里的鸡肉卷带给他吃。可没走几步,忽然一辆车吱的一声横在我跟前。那个贝都因男人从车窗里探出头,说,刚好五点。

我吓了一跳,这表情在他眼中又是"可爱的中国姑娘的表情"。他温和地说:"好吧,如果你不愿意跟我待在一起,至少我可以送你去想去的地方,

【一场狂热仓促的爱慕】

上车吧。"

也没什么可怕的,我一下子想出了对策,于是勇敢地坐在副驾上。冷气温度适宜,音响里是好听的英文民谣,他讲英文很流利,抑扬顿挫。看上去很绅士,游牧民族的粗犷野性已经不明显。我不得不说,我更为喜爱这个民族天性中的流浪感,放牧,穴居,策马天涯。

"那么,骄傲的中国姑娘,你想去哪里呢?"他调侃道。

很奇怪,他从来没有问过我的名字,我也没问过他。我们的标签就是中国姑娘和贝都因男人。

现在,轮到我尽情发挥了,故事已经杜撰好。"去找我的男朋友,他就在通向佩特拉的公路上,请允许我介绍他给你认识,我的贝都因朋友。"

他的笑容僵住,闪过一丝忧郁,但很快又恢复迷人的微笑,喃喃自语道:"你有男朋友了,哦,好吧,你有男朋友了。"他打开车窗,热浪扑面,他询问是否可以抽烟。

"抽吧,没关系的。"我庆幸已经跟他说清楚立场。

如果我判断得没错,他那时并不想抽烟,只不过找个事情缓解尴尬。他把夹着香烟的手架在车窗外,半天都不抽一口。沉默许久,又开口说:"今天下午,我载你,你认为是一次偶遇么?"

我没回答。

他继续说:"不,不是偶然,我在那里等你。我知道你从小佩特拉出来会经过,我等了几个钟头。"

这在我的意料之外,我却只能低声说:"对不起,令你久等。"

"不必为这个说对不起。"他显得很沮丧,犹豫了一下又说,"我收入不错,有许多骆驼和羊,还有许多人为我工作,只要你愿意……"

这时我忽然看到路边站着一个中国男子在等待,我没有见过子轶,直觉那就是他。于是我打断了他的话:"瞧,我男朋友在那边,请靠边停车吧。"

他的话最终没有说完。我跳下车,冲车窗里的他挥挥手,我知道他并不

想认识我的"男朋友",跟他说再见的时候,他那迷人深邃的目光带着淡淡的悲伤,挤出一个笑容说:"如果下一次在路上遇到我,你能认出我吗?如果不能,现在请多看我一眼吧。"

这句话令我微微地心疼,即使他擅长这样浪漫的语言,即使我不想再遇到他,我的心还是柔软地战栗了。

我目送他的车直到消失,忽然从错觉中抽身而出。

我对仓促而狂热的爱慕感到困惑。难以认同热情洋溢、真假难辨、利益相诱、需求明显的表述。铆足了劲儿燃起的熊熊爱火,短暂热烈地滚烫过后,剩下的也只是轻风便可吹散的灰烬。我至爱古诗之美,一字胜却千言万语,世间万物,离情相思,含蓄却笃定。而现代人急于试探、表白、交换和寻求结果与意义,因此也更容易游离、放弃、寂寞和麻木。人的一生可以用来相爱的人和时间并不多,心无旁骛地爱一个人,是一种珍贵的能力。

还未跟子轶谋面,他已被迫冒充了一次"男朋友"。

子轶跟我想象中的样子差不多,超过一年的骑行,风餐露宿,他看上去比实际年龄老了许多,头发很久没有修剪,巧克力色的皮肤。话不多,害羞,很实在。

我刚想把背包里的鸡肉卷拿给他,他先开口说,我们正在吃饭,你一起上来吃吧。

他正临时帮助一家旅行社做网站,进了办公室,几个高大的当地男人围着餐桌上一大盆鸡腿炒饭,招呼我加入。

吃完饭,子轶带我去贝都因的村子里看日落。太阳已经落山,天空通红,没有一丝云彩。我坐在易卜拉欣家的屋顶上,村子里土黄的清真寺亮起了灯,穆斯林一日中的第四次祈祷"昏礼"就要开始,不一会儿宣礼声传来,在这寂静的村庄里,嘹亮悠长。几个孩子在晚霞中骑着毛驴欢快地奔跑,五六岁光景,不用练钢琴学奥数,无忧无虑。

【贝都因人】

25. 贝都因人

我搬来与子轶同住。事实上我们每日都与贝都因人同睡在沙漠的岩石上。他们对我的到来一点儿疑问也没有，好像默认我是子轶的附属物，被允许走进他们的生活。

佩特拉的门票很贵，单日 50 JD，约 460 块人民币。第一次来瓦迪穆萨时，我没舍得买票进入，只是去小佩特拉看了场日落。第二次回来，竟然能够每晚都能睡在佩特拉的星空下，就像游牧的贝都因人，躺在发硬结块的地毡上，梦于天地间。

子轶同时帮助易卜拉欣做网站，已在村里住了些时日。村庄很小，人口不多，许多贝都因人都知道他，并把他当成自己人。不只是轻率的认可，它体现在：子轶去商店购物按本地价格，而我去买便执行游客价有时贵上好几倍；走在小镇上，有司机主动停下说因为认识子轶而免费搭载我们。这种情谊并不是随意可以获得。

后来，易卜拉欣送给我一个贝都因名字"巴厚达"，于是我在瓦迪穆萨如鱼得水，凭着高超的还价技巧和与贝都因人的友谊，成功地在菜市场、大饼店、便利店混了个脸儿熟，他们不再给我游客价，偶尔因为我嬉皮笑脸地跟他们聊得开心，甚至给我低于本地的价格，或者附送一两个水果给我。有一次路过一个出售工艺品的店子，店主热情招呼我进去，给我披上贝都因女人传统的黑底红边头巾以及镶了银片的面纱，他说，瞧啊，这才是我们贝都因的巴厚达。

每次我出去买菜，子轶就会站在露台上目送我走上那条蜿蜒荒凉的公路，直到看不见我。那样子，就好像前路险恶，担心我一个人走。我提着一堆食

品回来时,总是先让他辨认标签上的阿拉伯语价格,这个价格是针对当地人的,但是我看不懂阿拉伯语。"这个是 1.5 JD。"他拿起一瓶食用油说。我叹了口气说:"原来人家并没有骗我,可我还是坚持只付了 1JD,费了好大劲儿才成交。"诸如此类,子轶再也不必担心我被骗,倒是我开始对这些善良可爱的当地人有了些内疚。

弹奏五弦琴的易卜拉欣

易卜拉欣时常包着红白相间的阿拉伯头巾,手指夹着点燃的香烟弹奏他的五弦琴。他的眼神好像总是望向远方,一副历经沧桑却无所谓的表情,既邋遢又高贵的模样。我喜爱极了。

他有时跟子轶开玩笑,说要把我留在村子里,他会替我物色个富有慷慨的好男人,多送几只骆驼。有时又说,不如把我卖了,他和子轶平分骆驼。

我故作认真地说:"我当真打算留下来的,你得抓紧办这件事,你和子轶都是我的娘家人,一定要办得风光体面。"

几个人哈哈大笑。在笑声里,我却真的有了一种娘家人在身边的安全和满足。正是因为旅途中这些动人的情节,才会让我们在沮丧的黑夜里看到星光闪烁黎明将至,才会有挂着泪痕的笑脸和不自觉笑出的眼泪。

让那"强奸"的传闻见鬼去吧。我不想再理会它的真假,即使是真的,何必要生活在这不幸的个案阴影下,辜负了时光?

一天下午,易卜拉欣家来了几个小孩子,我便从背包里找出几个中国的小挂件,那是徐姐姐在离开土耳其时转送给我的,她说带些小礼物在身上,也许用得着。我把这些小玩意儿分送给易卜拉欣家的孩子们,大家欢欢喜喜,

【贝都因人】

各自研究起这来自遥远中国的礼物。

我以为大人们不会在意这些小物件，谁知易卜拉欣命一个小姑娘交出手中的红辣椒串形状的手机挂绳，他绑在了自己的手机上。在我们看起来平淡无奇的东西，换了个地方，便也有了异域的神秘感和吸引力。

这个小姑娘七八岁的样子，在易卜拉欣家做帮佣，做一些打扫和煮茶的简单工作。她的脸是小麦色的，细细的汗毛在阳光下变成金色，睫毛卷翘，眼神带着顽皮的狡黠。因为不敢忤逆易卜拉欣，所以乖乖交出手机绳，但是转身便倚靠着我，一只手伸进我的背包里翻找起来。

我已经没有小礼物可送，她便去抢其他孩子的礼物，她在那些孩子中年纪偏长，因此得手并不难。一个小男孩哇哇地哭叫起来，他的礼物没了。我连忙从背包里找出一只简易的小香水，对小姑娘说："这个你喜欢吗？送给你，但是你先把他的礼物还给他。"我指了指哭泣不止的小男孩。

我不想见他们为了这些小东西争抢，也不忍让她失望，便把香水送了出去。我原本用不上它，在高温下已经挥发掉一部分。

她对香水瓶感到好奇，反复研究瓶子的结构，不一会儿，她已经将瓶口的按压装置解体，弹簧被取出来，香水全部倒在地毯上，零件再也安装不好。她看着自己的杰作，倒是一点儿也不为浪费掉的香水感到可惜，把零件扔在地毯上，赤脚跑了出去。

子轶说，不要再拿东西给孩子们。我想他是为这野蛮破坏掉的礼物感到遗憾。以前我也一定会制止小孩子的破坏欲，并对这种无礼的行为感到厌烦。可是，我笑了笑，随她去吧，怎么去要求一个在沙漠里生活还没有长大却已经开始工作的孩子呢？儿童的好奇心和探索能力未受到文明社会的禁锢，说不定是种幸运。这香水对我来说已经无用，对她，可能更是没有任何用途的，在这洗澡都成问题的沙漠里。

房间里笼罩着令人眩晕的浓烈香味，我要出去走走。刚走到门口，便看见吃惊的一幕。那个小姑娘，站在晾衣绳旁边，用手抚摸着我那还没晾干的

内衣,她甚至把脸轻轻贴了上去。见到我,她并没有松手,问道:"这是什么东西?真好看。"

我觉得有些尴尬,因为没有其他地方可以晾晒衣服,征求了易卜拉欣的同意后,我把衣服晾在门口一个低矮的绳子上。这里不是伊朗,所以没有特别遮掩内衣。虽然只是一件衣物,本身没有什么可羞耻的,但是对着这个小姑娘,我竟不知如何回答。

继而我发现,她并非真正不懂那是何物,尽管她在沙漠里成长,还未开始发育,但是佩特拉的游客数量已经非常庞大,卫星电视也已普及,来自外界的事物和信息早已铺天盖地。她狡猾地冲我眨眨眼,摸了摸自己的胸脯,她那脏乎乎的小脸扬起一种妩媚的笑容,眷恋地贴在白色内衣的蕾丝上。

时代进步了,文明社会就在不远处,沙漠里的贝都因人还保持着传统保守的婚姻习俗,也许再过几年,她就到了婚嫁和生养的年龄,穿上黑袍,戴上面纱,严格遵守教义和风俗对女性的约束。可是此时的她,野性十足,叛逆无畏,对成熟女性的身体充满了想象和神秘猜测,她要求我把内衣送给她。

"这个,不可以。"我对她摇摇头。我很难向她解释不可以要这个私人物品,而且我并不知道她会如何处置一件女性内衣,破坏它?玩弄它?展示它?收藏它?无论如何都是令人尴尬的。我上前去取走晾在绳子上的衣物,她固执地抓着那件内衣,然后把它扔在了地上。

我看着她愤怒而伤心地转身跑远的背影,内心有一种莫名的伤感。在这荒芜的沙漠里,谁会去关心一个小小的女孩儿谜一样的心思和成长变化,她大抵会经历短暂而原始粗暴的青春,然后归顺于一个男人,最后隐蔽而保守地度过余生。

能够看尽一生的命运,想来总是有些索然。

26.流浪无关虚无的浪漫

我们要去山顶看日落。易卜拉欣几乎总是会带上塞拉姆一起。他不能丢下塞拉姆。有一次上山没有带他,等我们返程时,却看见塞拉姆正在夜色里徒步赶来,他的样子非常焦急,好像遗失了重要的宝贝,见到车灯,兴奋不已,大力向我们挥动双臂。他在深夜荒凉的沙漠中独自寻来,他的智商不足十岁儿童的。可是当他看到我们,那种快乐,真实得令人心痛。

不管去哪里,塞拉姆总是说"去罗马"。于是我们一车人,带着去罗马的心情,把车开到山边。

车停在群山外宽阔的地带,我们下车开始徒步进山。几个人鱼贯穿行在狭窄错落的岩石中,路不好走,但贝都因男人们走得飞快,塞拉姆更是矫健,一下就不见了。我穿着人字拖鞋有些为难,膝盖因反复的弯曲抬举还有些隐痛。我努力使自己不掉队,不想因我的速度耽误大家看日落。

子轶始终走在我身后,我们交谈很少,只是偶尔听到他轻声说:"别着急,慢慢走。"遇到难以攀登的岩石,他先跳上去,默默地向我伸出手。有时我心中明明很想跟他说一声谢谢,但是开口说出的却是对不起。为什么会有对不起呢?我自己也感到不解。在不均匀的喘息声中,又啰唆地补充一句:"对不起,我走得太慢了,你不要等我。"

他随身带着相机拍照,在这光线不好的岩石缝隙中,拍下很多张我的背影。只是我的样子,实在非常潦倒。

上到山顶,太阳已经快要落尽,天边辽阔无际的晚霞,宛如一片连绵的熊熊燃烧的大火,气势恢宏,绚烂层叠的彩色岩石经由这火焰的映照,艳丽得好像一片盈动的印度纱丽。佩特拉始终蕴含着一种女性之美,惊艳的、娇

羞的、温柔的、静谧的。

塞拉姆迅速拾了些枯枝来，娴熟地生火烧茶，一把碎红茶和好几把白糖一起丢进水壶里煮，水一沸腾便扑扑地往外溢水，褐色的茶汤淌在水壶表面，迅速被火苗烧干，长年累月如此，这只原本铝白色的水壶表面覆盖了一层厚厚的炭黑茶渍，看上去像个历史悠久的古董。

我们在岩石上一字排开，对着火焰一般的晚霞，端起茶杯。峡谷里起风了，篝火被吹得凌乱摇曳。我的头发散乱，总是飘进嘴巴里，又该剪短了，子轶忍不住要伸手帮我拨开脸上的头发，摘掉自己的头巾给我束发。他的头发也因数月没有修剪而卷曲翻飞，我说，回村子里以后我帮你剪头发，子轶。他的脸被霞光映红，露出腼腆温暖的笑意。塞拉姆靠在我身边，他已经像个成年男子一样高挑强壮，他不说话时的样子显得俊美成熟。我喜欢他像孩子一样思维，我们在生活的激流中被迫迅速长大，孩童时期短暂而模糊，他的快乐近乎奢侈。

"巴厚达，"他叫我的贝都因名字，把脸凑近我说，"明天我们一起去罗马。"因为凑得太近，我不得不把身体往后倾斜一点儿，才能实现与人对话的正常距离。

"怎么去？罗马很远呢。"我说。

他想了想，认真地说："我拿走子轶的自行车，我带你去罗马。"

"成交。"我伸出手与去他相握。

明知道我们不会一起去罗马，但不妨进入他的角色世界，分享他的小秘密，尝试他的快乐方式。一个智商正常计划周密的人，通常对生活瞻前顾后，取舍分明。我知道，我们不应该拒绝安全而合理的人生，可是规则的生活中，谁会在山顶的篝火前心血来潮邀请我同去罗马？

我们的生活太过理性有序，大部分时间我们几乎不相信奇迹的发生。

塞拉姆高兴极了，对每一个人兴奋地述说他要跟巴厚达去罗马。大家都清楚他的智商有限，却跟他一起开心起来。这景象，看得人由衷地喜悦。

流浪
无关虚无的浪漫

人都是有缺陷的。生命的不完美，并不羞耻。

晚霞渐渐消逝，苍茫的山崖切割蓝紫色的天幕，月亮升起来了，沙漠里的一日又将结束。

沙漠里的生活，简单而贫瘠，心却容易平静欢喜。我并未褪掉在现代文明社会中沾染的习气，对物质仍有本能的需求，我是否把时日不多的沙漠生活所带来的新鲜感当成了对生存方式的草率认可？身心能否适应和喜爱经年的高温、荒芜、简陋、原始？我不知道。可我庆幸十年来不断地行走在各异的土地上，看到不同的人如何生存和相爱，如此方才明白，耗费漫长的岁月在城市里谋取一席体面之地，不是唯一的生活方式。

白月光下，几个贝都因人在一块平地上跟子轶学习中国功夫——子轶曾经在国内习武。看着他的一招一式，我跟塞拉姆在一旁热烈地鼓起掌，那样的情形，恍然回到学生时代，在球场的看台上，看一个英俊的男孩子奔跑时的样子。子轶是那么的年轻、健康、充满活力。

子轶的行李中还带着针灸工具，能够替病人简单医治。他的旅途非常节俭，沿途用劳动交换简单的食宿。这样的旅行，是我喜欢的。

下山时天已全黑，子轶照旧紧跟着我，拿一只微弱的手电筒照着前方。

子轶待人有一种古典的中式的带着使命感的好意，比如他认为他有义务保护身边女性的安危，因此说出："如果当初你跟我在一起，我才不会让你跌倒而受伤。"我只好纠正他，跌倒是一种意外，不是一种故意伤害，无论多么小心的人都会有跌倒的经历，我不相信有人能对抗意外。我本能的理智的思维习惯，总是显得不解风情。子轶的这种好，同样也不适用于外国姑娘。

简单地听说过，他在旅途中，曾经爱上一个在印度 NGO 工作的荷兰姑娘。我能想象当他爱上一个人时那种炽烈与天真。但这爱情故事的结果却是不了了之。

总觉得他是这世界上稀少珍贵的人，应该得到珍惜。

等我和子轶走下山，几个贝都因男人早已坐在石头上快要抽完一支烟。

易卜拉欣认为步行到之前停车的开阔地带有些远,于是指了指山脚下的一辆皮卡车:"不要告诉警察,现在,我们打算偷走这辆车。"

那是一辆几乎废弃的皮卡车,上山前我看到过它,落满沙尘,显然已经停置很久。

"偷车?"我叫起来。

大家连忙示意我放低声音,其实山谷里根本没有其他人,轻声只不过为了呼应偷车这种行为,显得更为神秘和专业。

他们把手伸进破损的车窗里,一下就打开了门,一个贝都因男人跳进驾驶室尝试点火,发动机发出一阵阵短促的嘶哑吼叫,始终无法启动。

掀开汽车前盖,一个人高举着手电,另外几个人埋头修理。我觉得刺激极了,围着皮卡车转了几个圈,在月光下观察它的样子。它是红色的,款式很老,使用时间一定早已超过中国规定的报废年限,不过,它看上去很酷,像个沧桑但有趣的男人。公路电影里朝着金色落日笔直行驶的皮卡,就是这个样子吧。

我发现,在等待贝都因男人们修理汽车的时间里,我一直为我们的偷车行为感到按捺不住的兴奋,没有一丝畏惧感和正义感。在文明社会里,法律和道德准则培养出的是非观,大约会令我有一丝羞耻。我的道德底线在近乎原始的生活方式中,消失了。当然,我始终认为,仍保留部落制的贝都因人,在部落领域内的荒芜沙漠地带,他们一定知道彼此财产的归属,这不会是一次真正的偷窃。至于让我不要告诉警察,那只是易卜拉欣的幽默,我早已知道他们并不信服和遵守部落以外的任何法律。

一番徒手修理,汽车在咆哮声中启动,天才们一阵欢呼,大家敏捷地跳上车,在崎岖蜿蜒的山谷里,唱起了轻快的民歌。

皮卡车起伏摇摆,发出快要散架似的咣当咣当的声响,司机熟练地探索着山路,有惊无险地前行着。

塞拉姆兴奋地叫起来:"去罗马!去罗马!"

【流浪
无关虚无的浪漫】

易卜拉欣把香烟分发一空,大家用手挡住风,传递着互相点燃。我从易卜拉欣的指间拿走香烟,吸上一口,吐出一团白色烟雾迅速被风吹散。

昏暗的车灯照着沙漠和岩石,我在颠簸中抓紧子轶的手臂。他问我,你喜欢这样的生活吗?

是的,子轶,如果暂时不考虑谋生,我愿意过游牧的生活。人生为何有那么多的"如果",听起来真令人沮丧。然而什么叫做谋生呢?《瓦尔登湖》中自耕自食的简单生活不也是一种生存?说到底,人要抛开固有的习惯、教育、背景和对价值观的认知,并不是件容易的事。我看似轻易地在沙漠里像贝都因人一样生活着,这种自然而迅速的融入,只是因为我心知,自己仍是一个局外人,一个随时可以离开沙漠奔赴闪闪发光的文明社会的观光客。我仍然不是,不是一个流浪者。一个真正的流浪者,是敢于纵身一跃投入朴素而真实的生活的。我清晰地记得玛格丽特记录下的那一段平淡而琐碎的文字,生火、烤饼、打水、煮茶……一切原始的生存技能,它们日复一日乏味无趣,这便是人们想象中刻骨的爱情故事,嫁给一个贝都因人。流浪者的爱与寂寞,与虚无的浪漫无关。

游牧生活

27. 原始的游牧生活

夜里依旧在沙漠里露宿，我已经几天没有洗澡和换衣服，沙漠干燥，并无不适。我让子轶闻闻我衣服上有没有异味，他便开玩笑说，香着呢。

几个人把地垫和毛毯丢在地上，随意躺下，我照例紧挨子轶身边铺开地垫。不知怎么的，心里冒出一丝微微的不安，我竟然如此地依赖一个人，而我明知，彼此相惜的距离最易靠近情感模糊的界线，此番信号的释放难免演变成一种爱意的征兆。茫茫大漠轻易让人产生相依为命的情愫，朋友之间的分寸，稍稍拿捏不当，错觉便会放大，无法收拾。对子轶，我希望在彼此生命中，永远是亲密的伙伴。因为珍惜，所以不可冒失越界。

半夜被踢醒，塞拉姆那巨大的粗糙的脚掌蹬在我的脸上，而他睡得正酣。我费了好大力气才能搬动他的脚，他的脚后跟硬得像一块化石。他翻了个身，无意识地自语道："去罗马……"又迅速沉沉睡去，呼吸均匀。

睡得正酣的塞拉姆

我已对沙漠和这里的男人们彻底放下戒备，可是突然醒来，却难以立即再次入睡。倘若人可以像塞拉姆一样日日清空烦恼，单纯度日，睡眠也许会简单得多。

沙漠的夜是这样的静，不远处的羊群传来几声轻微骚动的蹄音，一会儿便又归于平静。

【原始的游牧生活】

我轻轻起身,子轶随即醒来。"你去哪里?"他问。

"找个地方上厕所,不要跟来。"我说。

我拿起手电筒,向远处走去。反正睡不着,索性走了很远,月光皎洁,关了手电也无大碍。佩特拉的夜如此之美,繁星闪烁的苍穹下是被埋藏千年的王朝殿宇,鬼斧神工的岩石壮观屹立,一大簇干枯的荆棘像风中的舞者身姿袅袅,依稀可辨空地里骆驼跪地的轮廓。

我在月色下空寂的岩石和沙漠里走走停停,内心恬静,无所忧惧。回想起来,旅途中所有的恐惧,原来都是来自对人的不确定。我厌倦与人戒防,可又知弃下盔甲难免伤痕累累。要一再地对人心揣测判断,实在是一件悲哀的事。往回走的路上猛然看见岩石上站着一个人影,我深吸了一口凉气,背贴着石块犹豫良久,但想起夜夜沙漠露营并无危险,于是鼓起勇气拧开手电探照,判断出是子轶,我们呼叫彼此做出确认,他快步向我跑来。

"你离开得太久。"他说,"我刚才做了一个梦。"

"梦见什么?"我笑着问他。

"好像在尼罗河畔,与你久别重逢,焦急等待却不见你来。于是担心你在路上出事,四处寻找,内心恐惧。最后你冒着大雨而来,披着头巾,一副不惧路途艰辛的无谓样子。"

"几个月的旅途,好像都没有下过雨呢。"我笑道。话音刚落,脑子里却出现了伊朗马苏雷的那场大雨,我以为人的记忆真的可以删除清零,旅途中唯一的一场雨竟然在心里深深烙下。那是与顾相关的记忆。

子轶一边走一边说:"下次不要走得太远,我们并不了解沙漠。潜意识里担心你,才会梦见那样的情形。原来寻不见你,是真的会恐慌。"

人字拖反复陷进浅浅的沙粒里,脚步缓慢,我喃喃地对子轶说着"对不起",心却回到马苏雷,恍然如梦。土耳其一别,我不再在记事本上写一个字给顾,甚至在安曼的旅馆里能够微笑着与人谈论起他,可是此刻,突然看见,心中执念,难以安放。我把顾藏了又藏,他依然会在某些毫无关联的景

象中,冒失地出现,占据内心方寸柔软之地。

　　想来不过是人海茫茫中的几次擦肩而过,心中如此不肯罢休,着实太过纠结矫情,便要再次暗示自己,与其手握沙粒般握紧一段远逝的情感,不如松开手弃掉糊涂的偏执。

　　我脱掉拖鞋,赤脚快步向前。

　　清晨被太阳晒醒,日出驱走沙漠夜里的凉意,温暖覆盖全身,只是一会儿,便放射出刺目的光芒。我眯起眼睛,伸手挥舞驱赶停在脸上的苍蝇,它们长得又黑又大,生命旺盛,驱之不散,后来索性不再理睬,任凭它们嗡嗡盘旋。起身倒出一点儿瓶装饮用水草率地刷牙,总是舍不得洗脸的。用手指抓了几下头发,纠结缠绕,当下便用剪刀铰了发尾。离开越南后,我似乎难以对头发生出爱意和耐心,再不曾留过那样长长的卷发。

　　男人们都还在沉睡,我独自去不远处捡柴火。路过一处山洞,一只毛驴眼含笑意在洞口晒太阳,羊群神奇地站在高高的洞顶狭窄的崖壁之上,几只高大的单峰骆驼埋头咀嚼石缝里稀疏的植物。食物与水源都很匮乏,但动物们看起来与世无争,安详地享受着初升的日光。

　　岩石表面被风蚀的孔洞,呈现出一种优雅的走向,灵动顺滑,如大风之下衣袂飘飘。荆棘生长之处,岩石缝里竟然长出新鲜水润的白色小花,阳光

一只毛驴眼含笑意在洞口晒太阳

岩缝里竟然长出新鲜水润的白色小花

原始的游牧生活

穿过清透洁净的细小花瓣，它竭尽全力地向天空伸张着。

俯身探望峡谷的最深处，几株顽强的沙漠植物是荒漠之中难得的一抹绿意。

我捡回一些枯枝柴火，生火时却不小心被刺划破手指，把出血的手指放在嘴里吮吸，尝到一股新鲜血液的腥咸。心中沮丧，除了缺乏塞拉姆那样的快乐和安眠，我甚至不能像他一样熟练地生火煮茶。

我对着一把柴火反复地折腾，俯下身去冲小小的火焰吹出一口气，不料昨夜沉积的细腻炭灰猛然腾空而起，撒了满脸。塞拉姆刚醒来，原本坐在地上神情木然，看到我笨拙的样子，突然兴奋起来，一边大笑一边赤足走来，跪在地上，只需两秒钟，火焰便热烈地蹿向空中，转身又娴熟地把茶叶和糖放进水壶，稳妥地架在火苗上。

就基本的生存本领而言，我不比塞拉姆强一丝一毫。我在看似美好高端的教育体制中，掌握了一些知识的皮毛，沾沾自喜地换取少量的劳动报酬，用以购买食物、衣服、住所和服务。可是一旦脱离物物交换的环境，我几乎没办法靠双手存活下去。

喝完茶又开始徒步，这一次惊喜地发现，如果不必攀爬岩石，我竟然能跟上最健壮的贝都因男人的步伐，干燥的沙漠是治愈腿伤最好的良药。我不希望因为性别而受到更多的照顾，示弱是没道理的。

我紧跟着易卜拉欣，他在高地停下来，手指着远方荒芜绵延的岩石峡谷，眼睛里透出"江山如此多娇"的自豪感。"许多年前，我们曾住过那一片山谷，山洞美丽极了，那样的色彩你看一眼就忘不掉。"他无限眷恋地说。

我相信穴居的生活比拥有一处方正的房屋更让贝都因人怀念。我想象着那看一眼便再难忘却的岩洞色彩，大自然丰富的肌理，比世上任何一幅画作都要令人惊艳。在天地之间不羁地盛放，这样的人生，离贝都因人越来越远。佩特拉的贝都因人不得不在靠近文明社会的生活中，苦苦掌握十八般武艺，艰难地跻身于资源和财富的争夺战中。如此身不由己的变迁。

良辰美景，宛如初见

靠近佩特拉修道院的一处山崖，叫做世界的尽头。贫瘠陡峭的岩石消失在无际的天边，倒是极为符合这苍凉诗意的名字。山顶搭着几处简陋的黑色毡篷，地上摆放粗拙的石头首饰出售，却无人看守。易卜拉欣说，若有人购买，自行将钱压在一块石头下即可。在日益商业的佩特拉，我知道小贩众多尾随叫卖，景区内饮用水价格高昂，而在荒凉的世界尽头，竟然有如此简单信赖的交易方式，于是欢喜地蹲下来，挑选一条石头项链。

去爱上旅途中的一个地方或一些人，只是因为，心里曾有过微小的感动。

佩特拉修道院

【要相信爱,
子轶】

28.要相信爱,子轶

至此,我已连续旅行数月。皮肤黝黑粗糙,头发毛躁凌乱,脸上都是晒斑,双脚因长时间日晒和暴走显得格外干瘦,脚后跟的裂缝里藏着难以清洗的黑色污迹,骨骼突出,有些小伤痕已记不清是如何出现和愈合的。很明显,我不是个好看优雅的姑娘。这些都不重要,我眼睛里仍有光泽,笑容没有敷衍和倦意,腿伤康复,内心丰盛。

除了皮肤过敏令我烦躁无策,我更为喜爱路上的自己。简单、明亮、自知。也许是跳蚤,或者一种食物,或体内某种抗体的缺乏,我的过敏现象开始失控。皮肤上的红点扩大、肿胀、此起彼伏、奇痒难忍,我必须随身携带各类止痒药膏。

每天都要转身掀起T恤让子轶帮我在后背上涂药。我努力使自己在路上成为一个性别模糊的人,摈弃种种女性的特征,爱美、示弱、娇羞。我几乎用男人的方式生活。

子轶总是在涂药时说,你不要用指甲挠痒啊,背上挠不到的地方,情况明显好得多,瞧瞧你的腿,都挠破了。

以痛替痒,虽不是上策,但不少人热衷这样做,我显然也不够忍耐和自律,皮肤越发惨不忍睹。庆幸的是,我这些过敏的红点,能吓跑试图骚扰的男人。我当真试过面对一个尾随身后喋喋不休的男人卷起裤管,他看了一眼我的小腿,立即从眼前消失了。

我和子轶跟佩特拉的贝都因人一起生活数日后,终于决定离开瓦迪穆萨,前往瓦迪拉姆。我们终究是在旅行。一个旅途中的人想要停在某处,除了与它建立情感,还需要谋得生存。我虽试图将旅行变成一种常态的生活,它们

的确在生命中模糊交织,但最本质的区别是,在生活中苦苦经营的谋生方式,在大部分旅行中并不存在。我们一路向南旅行,即将进入埃及。

塞拉姆也许早已忘了偷走子轶的自行车带我去罗马,我们临走时不知他在何处玩耍,连一声再见也没来得及说。易卜拉欣在车站依依不舍,他说,我等你们回来,你们要回来。他黝黑坚毅的脸在车窗外一晃而过,露出一种少有的忧伤。我连忙把头扭向一边,汽车在烈日下向着发亮的路面飞快驶去,告别总是令人伤感,我不忍多看一眼这传说中的黑手党也流露出不舍。

瓦迪拉姆是一片辽阔无垠的红色沙漠,这里依然是少数游牧的贝都因人的家园。夕阳下,一条狭窄悠长的铁轨寂寞穿行在一望无际的茫茫荒野沙漠中,不知通向何方。幽深的悬崖峡谷间,传来苍劲清冷的鹰啸,尖锐地划破寂静的长空。地域广袤,却了无人烟。

我们深入沙漠的腹地,在一个英俊的长发贝都因男人的帐篷下投宿。子轶帮他处理了一些电脑问题,看起来非常神奇,我们得到了免费的住宿和食物。

瓦迪拉姆的一部分贝都因人已经开始熟练接待团体游客,建造了简易的毛毡帐房和洞穴,提供导游、食物、电力和淋浴等基本条件,因此即使在荒芜的沙漠之中,亦能感到生活便利优越。我终于在此洗了澡,闻到身体上香皂的柠檬气味,心里便有一种幸福的满足感。我对旅途,并没有过高的硬件期待,人的身体,对恶劣环境的适应能力总是超出我们的想象。

晚上8点要熄灯,我和子轶事先把毯子抱到帐篷外的空地上铺开。我们几乎一致放弃帐篷的四壁,愿意睡在旷野之中。下弦月正挂在一棵枯树嶙峋的枝丫中间,清寂的树影长长地投射在波浪纹的沙砾上,凉风灌入山谷回荡起温柔的低吟,夜显得更加静谧高远。

子轶在这样的夜里跟我说了许多许多话,他那遥远的家乡和他的父母、兄妹、童年、学校、初恋、疾病、性格、旅程……一个长时间独自骑行的人,一个在寂寥的旅途中与路旁的花草树木说话的人,起初着实给人一种木讷少

【要相信爱，子轶】

语的印象，忽然间却像急于道尽半生似的，说了那么多话。想必慢热的人多少是缺乏安全感的，若非足够的熟悉与信赖，总是给人疏离内敛的错觉。安全感的缺失，像身体中深藏的某种缺陷，人通常不会轻易暴露出自卑的阴影，因此当子轶跟我说起他的故事时，我交付出完整而诚恳的倾听。

"靠近印度果阿有一片适合冲浪的海，我就是在那儿遇到荷兰姑娘的。"他停了一下，忧郁地说，"我以为我会在印度停留更久，像她一样长年在NGO工作，但是五个月后我离开了。"

"你还想念着她？"我问。

"见面之前，我们写过一些邮件，我正从印度北部往南部骑行，她说可以提供住宿。我们约定在某个地方等她，你知道么？那天，她光脚骑着一辆高大老旧的自行车，在颠簸的土路上迎风前来，笑容像春天一样温暖迷人。她的简单质朴和热情活力，我从前未在任何女孩子身上见过。"子轶慢慢地说。他并没有回答我的问题，但是带着爱意的回顾和倾诉，很容易听出来。

子轶讲起这个荷兰女孩时，我脑子里闪过《英国病人》中护士汉娜的样子，热情、善良、坚毅、率真。这个电影我看过很多遍，只是记住了汉娜，而那令人动容的超越伦理的爱情主角在脑中却总是模糊和空洞的。

我好像忽然间理解了子轶对她的喜爱。

洁白的月光倾洒在平缓细腻的沙漠表面，依旧可辨沙砾玫瑰的色彩。绵柔流淌，如一条宽广宁静的河流。瓦迪拉姆也叫月亮谷，倘若不曾在明月下亲历它的壮观沉静，或许难以去想象这个名字的由来。

我认真地听子轶讲完一段狂热的爱情。可是有时候，我们所理解的爱，只是一个人的事情。她自始至终并没有爱上子轶。人会念念不忘一段单向投入的爱情，多少有些庸人自扰。但我知道，人是有自愈能力的。

我背转过身，在浪漫的月亮峡谷中，一言不发地睡去。在路上，我听到过许多爱情故事，人们轻易说出爱情令人绝望，只是因为在一段关系中未得到均等的回应和预期的结局。可即使曾经沧海难以相忘，又何须绝望？一个

绝望的人,可不是已经丧失掉爱的能力了?

日出即醒,地平线上的红日照着宁静沙漠里一排崭新的车轮印,像美丽胴体上一道显见的伤痕,从外面精彩的世界闯入的文明印迹,在沙漠的腹地还是显得突兀不堪。我们需要文明带来的新鲜和便利,又害怕自然被迅速地侵蚀,总是在矛盾中寻找着也许根本不存在的平衡。

宁静沙漠里的车轮印

侧转过头,发现一处微小的惊喜,就在枕边,一条嫩绿的野生藤蔓上长出十几个貌似初生西瓜的果实,大小如杏子一般。有的新鲜饱满,有的已经干涸发硬。中东人将其入药,我在香料铺子里见过。在水源和植物稀少的沙漠里,竟能结出如此浑圆硕大的果实,不禁为这顽强的生命力由衷地感动。捡起一个干硬脱落的果子,摇晃时,可以听到空心的内部有无数细碎干燥的种子轻轻碰击外壁发出沙沙的声响,像一个小小的沙锤。于是拾了两个放在背包的外袋里,我要带它们回中国,在想念这片美丽的沙漠时,轻轻地摇响它。

沙漠里的白天不会发电,贝都因男人打开一辆汽车的前盖,接入电源,维持着一台笔记本电脑的用电。

子轶把存满相机的图片一一导入电脑,他拍了许多美丽的照片。印度的阿

生长在沙漠里的果实

【要相信爱，

子轶】

　　拉伯海，亚美尼亚的草原，格鲁吉亚的集市，伊朗的孔桥，土耳其的少女……他的照片明确地传达着一种热烈的美好，叫人内心纯净明朗。色彩明艳如画，不似人间。

　　而顾不同，顾的照片，总是没有明确的地域象征。编织地毯的妇女的手，舞动的艳丽裙摆，空无一物的天空，深夜的雨巷，清真寺廊柱投射的光影，火车站拥挤的月台……顾按下快门的那一刻，就像是在捕捉寂寞。

　　人的性情很容易在作品中体现，文字也是一样。几年前一个未曾谋面的陌生读者根据想象素描了我的样子，寄送邮件给我，他写道："你的文字让我看到这样的你，消瘦、爱笑、眼睛明亮、细腻、坚韧，感情浓烈却封闭。我想大约就是如此吧。"图片或文字多是自我情感的一种印证和传递，带着隐约的过往痕迹和期许。子轶拍下的照片固然珍贵精美，娴熟大气，值得鉴赏，但顾的视角却如同我自己的眼睛。那些照片拍得太过潦草轻易，就像一抹流转于寂寞人间的眼角余光，可是它却迅速粗暴地直抵心底的秘境。人会自然选择与自身相似的人亲近，与之理解和怜悯。喜爱一个人的乐趣，就是由这些近似的细节和对生活审美的认同而组成。

　　在子轶关掉电脑前，我忽然想收一下邮件，借了他的电脑上网。很久没有看邮箱了，与城市生活的联结似乎越来越少。从一份工作里撤离，从一种关系中隐退，从一些人群中消失，比想象中更为快速和轻易。人稍稍对这世间怠慢，原本奔腾的生活激流便会陷入一片困顿潦倒的荒地。被世间遗忘，不再被需要。来不及察觉出暴力，便已经生生地与过去剥离开来。

　　邮箱跳出两封新邮件，其中一封信通知上半年的高级职业资格考试成绩。距考完试不过几个月的时间，我却差不多快要忘了这件事。打开来看，顺利通过。是一个全国通过率并不高的考试，意料之中的结果没有太多惊喜，我知道我能够做好一些事。我一定曾经有过规划美好前程的初衷以及为此付出过辛劳。为安身立命所做的努力似乎证实了我对物质生活只是怀着假意的清高。这就好像无论你多么厌恶应试教育，但你必然心知肚明与之对抗难免付

出代价。

　　此刻，在这简陋荒芜的沙漠中，我看见蚊蝇围绕，野猫盗食，资源匮乏，我躺在陈旧的毛毡上，头顶是一张编织稀疏的破草席，阳光从缝隙中射下来，心却是自由欢愉的。城市里那对卓越目标的自我实现显得那么遥远，我知道若干年后，我能够记起一场玫瑰色沙漠里的华美日落，而不是一件精致昂贵的华服。散漫的特性令人生显得矛盾与荒诞，但是倘若放弃操纵生活的欲念是心甘情愿的，自由就会简单得多。

　　还有一封信，是在伊斯坦布尔认识的芬兰姑娘 Lily 写来的。"安妮，我忍不住来哈萨克斯坦与他相见了，跟第一次见面一样，产生一种奇怪的醉意，爱就像一桶陈年葡萄酒的味道。我告诉他怀孕的事，他比我还要高兴，我们决定下个月回法国举行婚礼。他说最好能生三个孩子，都长着我这般绿色眼睛。将来我们会带着孩子一起旅行，真叫人期待。另外，我戒烟了。你在哪里？要相信爱。"

　　我看着这一段简短的英文信，忽然掉了眼泪，这是我能想到的最好结局，千里之隔，再度重逢，相爱相守。

　　子轶在一旁拆卸自行车，贝都因沙发主打算开车载我们去亚喀巴乘船前往埃及。他把拆开的自行车部件逐一放进车尾箱中，黝黑的脸上挂着阳光般的笑容，那么的年轻明亮，像一枚青涩坚硬的果实。很难想象昨天夜里，他说几乎带着绝望离开印度。我合上电脑，一边把背包扔进车里，一边对他说，要相信爱，子轶。

29. 埃及不眠夜

我在埃及红海边的小旅馆里等待子轶。就在花园的入口处坐着,怕他寻来时,找不到我。我的样子看上去很像一往情深。不去潜水,不去睡觉,其实我困乏极了。

昨天夜里,我们从约旦亚喀巴坐船到埃及,全船的人都顺利过境,唯有我的护照被押了下来。因为我的签证是埃及驻黎巴嫩大使馆签发的,这本身合理合法,无奈入境埃及时却诸多为难。

入境大厅的官员扣下我的护照时,还不忘占个便宜,低声说,"嫁给我,我就把护照还给你。"这种行径跟索贿一样,发生在旅途中不足为奇,也无需义正词严与之理论,我尴尬地赔着笑脸,克制住挥拳相向的冲动,以为事情会更顺利一些。

一直等到入境大厅关门下班,扣押护照的那位官员冲我挥挥手,示意跟着他。我跟他上了一辆警用车,也不知道要去哪儿,子轶便骑着自行车在后面追赶警车。我盯着汽车后视镜,生怕子轶跟丢,车一转弯,我便央求司机慢一些直到能看见子轶追上来。天色昏暗,港口码头上泊着无数的货车和集装箱,汽油味在高温里弥漫,海上灯光稀疏,漆黑的转角传来几声狗吠,夜色里空无一人。这景象,是令人局促的。可又好像曾经发生过,处处充满奇异的熟悉感。这个现象我难以解释,某种场景重现了,但你就是想不起来它什么时候发生过。

那一刻,我害怕子轶因追不上警车而就此分别,他的签证没有问题,他可以不必陪我等待。我竟然为这可能发生的分别而难过。我一个人面对过许多的黑夜、危险以及棘手的问题,旅途的大部分时间我没有伴侣,如果已经

习惯了孤独,那么当下这恐惧从何而来?

我在车上一再地告诉自己,不可以如此依赖他,不过是一次旅途中的偶遇,随时要接受分别时刻的到来。可汽车在警察局门前还没停稳,我便忍不住迅速跳下车,开始张望来时的路。远远地看见路灯下闪现出一道自行车金属的光泽,子轶驮着他那七十公斤行李摇摇晃晃靠近,我朝他大力挥手,迎了上去,心扑扑地跳。我说,我以为你不会追上来。

他笑着说:"有我在。没事的,我不会丢下你。"他已是大汗淋漓。

被几个警察例行提问后,便安排我们在警察局外面等候。我想去洗手间,叫了一个工作人员带我去。走过一段黑暗的通道,进入另一栋建筑内,他走在前面,突然停下来等我,抬起手臂指向洗手间的方向。可是他的动作显得非常刻意,他的手碰到了我的胸部。我像触电似的弹开,狠狠地瞪了他一眼。他装作若无其事地再次指了指前方,冲我狡黠而暧昧地眨了眨眼。他再度向我伸出手的时候,我侧身飞快地跑进了女厕所中。没有门,我躲在转角处,小心翼翼地听着走廊里的动静,几声由远及近的脚步声,接着陷入一片寂静,不一会儿,隔墙又是一段凌乱的徘徊。我的心跳声好像在空荡荡的洗手间里撞击四壁发出沉重的回响,我不得不用手紧紧捂住胸口。僵持等待直到几分钟后,外面的脚步声渐渐远去然后消失。我那样的害怕。就连水龙头漏水的滴答声都声声敲颤心脏。

旅途中,我曾经多次强悍地与色狼对抗,貌似大义凛然无所畏惧。可这一次,我却主动放弃了与他的对峙,我的护照在他们手上,我选择了息事宁人。原来,我也是那么软弱和市侩啊,不自觉地默许了某种潜在规则的存在,我对特殊权力的忍耐远远超出了对性侵的恐惧。有那么一刻,我想冲进警局投诉指证这可恶的浑蛋,即使面临护照被丢出来拒绝入境的结果,又怎样呢?可是另一个微弱的声音在心里说,做个沉默的羔羊吧,不要惹事,你的力量薄弱,何必以卵击石?

这是生存教给我的智慧吗?衡量轻重与得失,成了人生的一堂必修课。

埃及
不眠夜

我沉默地回到警察局外面，坐在长椅上，疲倦极了，把头靠在子轶的肩上，等了很久很久。

天气炎热，夜已渐深，无数细小的蚊虫围绕着头顶的大灯，热浪里混合着海水的腥咸。子轶说，好像什么时候来过这里一样。

我有些惊讶地抬头看他，居然他也对这个地方有着似曾相识的感受，是的，这的确令人产生对宿命的好奇。我为何会重返佩特拉，为何会同行这段旅程，为何每当听见他说"有我在"时便会感到安全和平静，我们何以会对这个普通的埃及港口之夜有着共同的模糊记忆？我闭上眼睛，听见草丛中昆虫的鸣叫，不远处汽车启动发出急促的噪音，警察局里骤然响起一阵电话铃声，子轶胸腔里规律的起伏声……我发现自己是那样的疲累，这危险的美感，要耗费多大的气力才能孜孜不倦地靠近和尝试？对如谜的宿命探寻的激情，是不是一场告别寂寞的错觉，就像走入人群，就像获得物质、食物、温暖，热闹而短促地藏匿起孤身一人的落寞。但成年人的感情，不应该如此。

昏昏沉沉地靠在椅子上睡着了，隐约知道子轶又被叫进办公室内盘问一番。醒来时发现他用手掌托着我的头，隔开又硬又凉的石头椅背。他待人的细节，总是令人温暖的。

他说，为了入境更顺利一些，我对他们说你是我的太太，不要介意这个。

我坐直身体，对他笑笑说："无妨，子轶，谢谢你。"

我们在几小时后获准入境，推着自行车步行了一段，发现已是半夜，不知何处投宿，于是在港口的水泥地上扎起帐篷。地表散发出日间曝晒吸收的高温，一会儿便蒸发出一身汗液。身体过敏更加严重，辗转反侧，难以入睡。半夜爬出帐篷，在路边破旧的长椅上躺下，双手无力地挥赶轰炸机一般的蚊子，大脑混沌沉重。天不久便亮了，码头繁忙起来，大货车发出巨大的轰鸣从身边驶过，灰尘铺天盖地，我们满脸都是浮尘和汽车尾气的污渍。

像流浪汉一样与子轶并肩坐在面向红海的长椅上，海面上一轮赤红浑圆的太阳正缓缓上升，干燥浑浊的空气被笼罩了一层绚丽的金黄，尘埃像浓雾

一样腾空飘浮。太阳离开海平面,瞬间便变得光芒刺目,轮船鸣笛,海鸟盘旋,忙碌的一天开始,我不得不抛开昨夜的不安,将背包束紧,抢起来背好,前往车站赶早班车。

　　与骑行者结伴,最大的问题是,我们采用的交通工具不同,难免互相等待。通常骑手只与骑手结伴,通常我独自上路并不结伴。我们约定好在达哈巴的一家旅馆碰面。我坐上了开往红海边小城的班车,子轶骑车的身影在车窗外一闪而过。这条公路贫瘠荒芜,满眼都是黄沙的颜色,沿途几乎没有植被、建筑和人烟,日晒强烈,干燥高温,不由得开始担心子轶的体力和安全。视线一直停在车窗外,地平线上连绵起伏的岩石丘陵像一片无人之境。也许是我太过杞人忧天,他已连续骑行超过一千八百公里,对环境的适应能力早已超出我的想象。想起他常常开玩笑说,一年多的骑行让他的身体像骆驼一般,可以在缺少水和食物的恶劣情况下,整日保持体力。

　　坐在旅馆门口,午后暴烈的太阳把清澈的红海照耀成一片刺眼的银光,几个小时过去了,子轶还未如约而来。身体因前夜的不安未眠而昏昏欲睡,心却不由自主替他捏着一把汗。我想,我们会在这里分开,不再结伴,我们习惯了独自上路,如此在旅途中惦记彼此的安危和一站一站无常的等待,令人心力交瘁,且毫无必要。我依赖子轶带给我的安全感和悉心照顾,可我清楚,我们都需要自由。

　　我回到空无一人的多人间里,刚在床上躺下,前台服务生便过来拍门:"安妮,安妮,有人找你!"

　　我从铁架床的上铺一跃而下,赤脚飞快地跑向院子里。看见子轶正站在花园的入口处,自行车靠墙立着,他绛红色的脸淌着汗水,T恤全湿透了。分开几个小时后,我们给了彼此一个拥抱。

　　他把行李卸下来,连汗水都没擦一下,便迫不及待地说:"我载你去看海,来的时候绕路了,刚巧撞见一片无人的海。"我便赤着脚欢快地跳上自行车后座。他在后座上垫了一块折叠起来的浴巾,这样坐起来不会感到太颠

【埃及 不眠夜】

簸。我们穿过热闹的海边小城，骑向远离游客区的红海。自行车轮胎在地上发出摩擦的声响，沙沙沙。海风带来遥远海面的微微凉意，子轶的T恤被风吹起像一张鼓起的风帆。一边是寸草不生连绵层叠的赤褐色群山，一边是清澈醉人碧蓝无际的红海，阳光倾洒下来，海阔天空。

饱经风霜的单车和纯净如画的红海

此番景象可以拍成最浪漫的爱情电影，一个浪迹天涯的骑手，一台饱经风霜的单车，一片纯净如画的红海。我在单车后轻轻地笑了，只是，单车后的人不应该是我。

我尝试爱上一个令我有归属感的人，我以为顾是这个人。可我找不到正确的方式来爱，说不出爱，读不懂暗示，担心理解错，害怕被婉拒，那样小心翼翼，如走一盘不能输的棋局，走得乏味冗长，对弈的人怕是早已离席。

在一个浅浅的海湾停下，水面平缓无浪，只有微风吹皱的涟漪。红海海面受潮汐、水流和风向的变化幅度极小，几乎处于一种波澜不惊的状态，因此海水透明度极高，亦非常适合珊瑚礁和藻类生存。高度的含盐量使靠近沙滩的海水变成一片奇特的乳白色，随着海水深度的变化，海面呈现出由浅至深层次分明的蓝色递进。关于红海之名的传说众多，事实上，很难发现由红色藻类、贝类或沙砾使海水看上去发红的迹象，我至为喜爱阿拉伯语红海的原意"泪之门"，这个几乎被陆地包围的海洋，宛如地球表面一滴宁静唯美的眼泪。

卷起裤管走入及膝的红海，海水清澈见底，斑斓的石子间散落着零星破碎的珊瑚，色彩鲜艳的小鱼在脚边翩翩游过。被群山环绕的一抹寂静海湾，

像梦里清幽的湖泊，它终于在路上出现。连绵的山峦上即将西沉的落日把海面映照成一片彤红，如同温柔缠绵的胴体，让人痴迷沉醉。红海终于在眼前如魔法一般变红了。

被群山环绕的一抹寂静海湾

【开罗，开罗，】

30. 开罗，开罗

抵达开罗时已近黄昏，这恐怕是一天中最为繁忙喧嚣的时刻。一个庞大而混乱的城市，灰黑色的立交桥在头顶盘旋，车辆疯狂鸣笛，桥缝里的尘土刷刷落下。地面街衢繁复如织，交通几近瘫痪，不耐烦的司机从破旧的老爷车里探出头，发出一串愤怒的指责。沿街的建筑古老陈旧，年久失修，从墙角渗出一摊积水，长出发黑的苔藓。穿黑色长袍的女人趿着拖鞋穿过灰尘弥漫的巷口，在路边买几个油炸点心，用旧报纸包起来。无所事事的年轻男人，三三两两地靠在墙边喝鲜榨的甘蔗汁，朝路人吹

开罗的杂乱无序

几声响亮的口哨。街角卖水果的摊贩播放着热闹的阿拉伯音乐，疯狂的音量像要突破这浑浊的城市噪音直冲云霄。

除了没有牛在路上散步，这里与印度极为相似。看到车窗外的一切，倒是生出一种亲切感来。

从汽车站出来，独自站在漫天的尘埃里看这陌生又熟悉的城市，迅速被出租车司机包围，在他们混乱的询问和拉扯中，我竟然有些走神。单身女子或许需要在这样的城市里立即将自己武装起来，像个战士一样突围而出。我在人群里木然不语，若不是由于舟车劳顿，便肯定是因为我厌倦了游客的身

份,重复回答自己从哪里来,到哪里去,精明地拆解欺骗和险境,匆匆而过却以为看尽了人们的爱憎和生死。

拉客的司机们不一会儿便放弃了对我的发问和推销,转向另一群刚刚出站的鬼佬。我在路边的无花果树下拾了几颗烂熟的果实,一边吃一边穿过沸腾的十字路口。

我和子轶已在红海畔告别,各自上路,不知此刻他身在何处。我庆幸在旅程中,我们彼此都知道需要什么。共同走过一段短暂的路途,曾经像爱人一样互相照顾、尊重、依赖和怜悯,此番情谊,我想如果有一天再次相聚,即使时隔多年,我们仍然能欢喜地记起对方,深夜共叙,老姜煮茶。

坐上一辆出租车,挤入拥堵的车流中。司机抱怨了一路,下车付完钱,他却完全不承认事先约定的价格,一再地拉住我,蛮横地要求更多。我并不与他理论,径直向路中央的交警走去,一回头出租车已不见踪影。

我在一排老旧的建筑中间寻找沙发主穆萨家的门牌号,走入一个昏暗的楼梯间,空气里弥漫着灰尘和尿液混合的气味,只有一个裁缝铺子亮着灯,穿长袍的埃及男人飞快地踩着缝纫机,嗒嗒的声响。他看到我,便停下手里的活儿,隔着一个白炽灯泡无声地打量。他盯着人的样子,就像在空气里来回拉扯一条细细的丝线,无由地令人紧张局促。踏上简陋的楼梯,扶手上积了一层厚厚的灰尘,仿佛从来没有人在此走过似的。我在楼梯的每一个转角,向一楼大厅偷看一眼,还能看到裁缝店里的男人在抬头张望。建筑透出一种诡异而神秘的幽暗,裸露的水泥墙皮,散落在墙角的垃圾,回旋破损的楼梯,置身其中,好像可能随时消失一样。

我爬上顶楼,核对了一下房号,按响门铃,骤然而起的刺耳铃声响彻走道。一个年轻男人打开门,简单地说,"我是穆萨,你是安妮?请进。"

他的家非常非常小,只有一个窄小的客厅和一个紧凑的卧室。卧室里住着两个客人,来自法国的姑娘在开罗念书,暂时还没有租到公寓,瑞士姑娘在长途旅行,已经走了很久,几天后将从开罗飞往印度。穆萨睡客厅里狭窄

【开罗，开罗，】

的双人沙发上,他长得高大强壮,根本无法在沙发上伸直双腿。

看起来,他的家实在难以再容下我,但穆萨却一副无所谓的样子,似乎早已习惯了拥挤的生活。于是我卸下背包,住了进来。

晚上等大家洗漱完毕各自睡下,我才能在逼仄的客厅里铺开地垫,几乎占满了整个客厅走道。

刚一躺下,门外便响起急促的敲门声,我吓了一跳,猛然坐了起来,警觉地望向穆萨。他起身跨过地垫去开门,看样子与门外的人相熟,虚掩着门,两人小声地交谈着。对方的声音听起来焦虑惊慌,词句短促,喘息明显,好像出了什么事。

几分钟后,穆萨返回室内,锁好房门,看着我疑惑的脸,便简短地告诉我他的朋友参与了美国大使馆的示威和破坏活动,需要避避风头,特意来与他告别。

前几日,由一些美国基督教极端教徒和埃及科普特侨民参与制作的电影在美国佛罗里达州上映,因涉嫌丑化先知穆罕默德,引起开罗数千名示威者冲击了美国驻埃及大使馆。数十人爬上位于解放广场附近的使馆高大的围墙,撕毁并焚烧了美国国旗。

"埃及现在很不安全,去市中心时要小心一点儿。"穆萨淡淡地对我说。

近一年来,我听说了太多关于埃及的新闻,开罗市中心游行示威活动频发,埃及于 2012 年 8 月迎来第一届民选政府,民众一方面期待新总统穆尔西的表现,一方面对新政府信心不足,支持者和抗议者经常在解放广场发生冲突。示威者要求政府加快改革,要求军方确立移交权力的进程,甚至因为电力供应不足而走上街头抗议。

"你的朋友会有危险吗?"我问。

穆萨的脸上没有任何担忧,冷峻而平静地说,"愿真主阿拉保佑他。"

当一些人并不因为切身利益而冒险做出激进疯狂的举动,以致身陷囹圄,这是否是明智而虔诚的表现。信仰的力量,我难以想象有多么强大。

我重新在地垫上躺下，穆萨则在墙角处跪地祷告，双手抬起放在脸的前方，闭上眼睛默念《古兰经》。他看上去非常健壮，皮肤比一般的埃及人要白许多，戴一副斯文的金边眼镜，穿洁净的白色衬衣，英文流利，讲话时简洁有礼。老实说，他的样子太过光鲜，倒不太像埃及人。

不难发现在穆萨的身上有一种奇特的复杂性，他像是受过良好的教育并拥有不错的职业，但他住在这样一栋诡异简陋的建筑内；他愿意把卧室让给沙发客们住，但又给人一种拒人千里之外的冷漠感。

早上六点，穆萨小心地跨过躺在地上的我的身体，去卫生间洗漱，然后西装革履、举止优雅地出去工作。听到关门的声音，我才敢挪动因整夜未眠而紧张僵硬的身体。穆萨那令人费解的复杂性再次得到印证，我几乎不愿意回顾昨夜看到的一幕。起身拧开水龙头，朝脸上拍了些冷水，我想，我不得不立即搬离这里。昨夜熄灯不久，我在穆萨急促的喘息声中恍惚醒来，看到他半躺在小沙发上，胸上放着笔记本电脑，屏幕发出幽暗的蓝光。我微微起身，忽然辨认出屏幕上正在播放一部露骨猥亵的色情电影，他看得忘情投入如饥似渴，面部表情恐怖扭曲，满脸的汗液被电脑照得油光发亮。而我就躺在这个年轻强壮的身体旁边，不足半米，伸手可及。我在恐惧中屏住呼吸，轻轻地躺下来，装作熟睡，却整夜失眠。我着实对穆萨感到迷惑，就在几小时前，他还是一个遵守教义虔诚祷告的穆斯林。

我知道，即使平安无事地度过了这一夜，我也不能再将自己置于潜在的危险之中。小小的客厅里弥漫着穆萨清晨使用过的香水味道，这令人窒息眩晕的浓香，混合着男人猥琐的欲望，我的胃里剧烈地翻腾起来，趴在洗手台上一阵干呕。慌乱地洗漱和打包行李，关上房门，匆匆穿过走廊，太阳从小方格天窗射入空旷的楼道中，几束刺眼的光线打在肮脏发黑的墙壁上，我跑下楼，仰望这正方回旋的楼梯，灰尘被扬起来，飘浮在光束之中，一楼的裁缝店子里清早便传出迅急的嗒嗒声，一声声划破寂静的楼道。

我飞快地冲了出去，视线顿时明朗清晰，空气虽算不上清新，但我还是

【开罗，开罗，】

用力地吸了几口。快步向前，身后这栋陈旧而巨大的灰褐色建筑，就像小时候梦见过的神秘而幽暗的城堡，我迫不及待逃离远去，再不想多看一眼。

我抱着大背包坐在狭小拥挤的巴士座位上，进入市中心，眼看地铁站就在下一个街区，巴士却怎么也无法前行，窗外人潮汹涌，击掌声、叫喊声、敲打声、哭闹声、汽车鸣笛声混成一片，一场轰轰烈烈的示威抗议又开始了。

"他们为什么游行？"我问身边一个戴眼镜穿西装的年轻男人。

"很多原因，每种人群的诉求不同。"他摊开手，表示了一下无奈和对游行的反感。看样子他是不会参与到游行中去的，这些频繁的占道行为，或许已经大大影响了他的生活。再说，游行本身可能并不能解决什么问题。

"你看看他们举的牌子上写着什么。"我把身体往后靠，尽量留出空间以便他的视线望向窗外。

他侧身探头瞟了一眼窗外那个穿格子T恤的年轻人手中的纸板，上面用签字笔写着两行阿拉伯语。他只看了一下就把身体坐正，没有立即回答我，薄薄的嘴角浮起一丝仿佛嘲弄的笑意。继而冷漠地说："吃不饱饭谈什么自由！"这句话好像并不是对我说，而是在对窗外的年轻人说。

开罗抗议游行的队伍

能够自由游行还不算自由么?

巴士迟迟不能移动,我起身挤到车门口,请司机开门,啪啪地拍响玻璃门,才能在巨大的声浪中提示司机。门哗啦一声打开,我在马路中间下了车。穿过拥挤的几乎无法移动的车流,穿过激动得挥舞着拳头喊着口号的游行人群,突出重围,步行到了地铁站。

等待地铁的间隙,看到在红海边遇到的日本男孩和韩国姑娘,他们手牵着手,依偎在一起等车。第一次在达哈巴的旅馆里见到他们时,他们彼此还非常生疏和礼貌,看样子在开罗他们恋爱了。

就笑着看他们亲昵的背影,在这拥挤的车站人群中,心里涌起一阵感动,又美又暖。

车来了,我背着大包跟人潮一起往门内挤,车厢里的乘客原本快要满溢,但是大家仍然能成功地把自己安插进去。我使了浑身力气也不行,背包卡在门口,自动门无法关闭,只好退出。眼看门就要闭合,站在门口的几个埃及男孩儿竟然齐力把手插入地铁门的缝隙,用力把门扳开,身体顶着门的两侧,冲外面的我叫道:"快进来啊!"

这太危险了,我冲他们摇摇头:"别这样,快放手!我等下一班车!"

他们在车厢里不耐烦地叫起来:"快点儿,别磨蹭,要让全车人都等你吗!"

我慌乱地跨进车厢,不知谁的手从空中扯了一下我的背包,帮我向车厢内拽了一步。门口的男孩子松开手,车厢门瞬间关上了。

我惊呆了,开罗的地铁门竟然可以被人为强行扳开阻碍行进,而大家看上去都习以为常。几秒钟前我还带着一种违反规则的难堪和惶恐,可是不一会儿,我那羞愧感便不知不觉地转换成一种微妙的刺激和兴奋。在急促的喘息中,自顾自笑了起来。

门边的几个孩子穿着已经汗湿的宽大篮球服,几个人手里拿着相同的高中英语教材,快速而激动地相互谈论,也许在回顾刚刚结束的一场小赛事。

【开罗，开罗，】

一个刚才积极弄开地铁门的男孩儿突然转向我调侃道:"嘿,姑娘,你没乘过开罗的地铁吗?"

"嗯,第一次。下次不要再这样开门,这样做太危险。"

他们满脸不屑,学着我说话的语气,热闹地叫道:"太危险……哈哈,太危险……"随即车厢里的许多人跟着大笑起来,这听起来并不幽默,但快乐却迅速感染了大家。

一个男人从身后拉我的帽檐,叫我去他的位置坐,男孩子们倾斜身体让出一条缝隙容我挤过去。我刚坐下来,身边一个抱孩子的中年妇女便从口袋里抓出一把绿色的小果实送给我吃,她无声地剥开一粒,示范给我看。

车厢内没有空调,木框的窗子半开着,黑暗的涵洞里风呼呼灌进来,吹得人睁不开眼。地铁驶上路面后,一晃而过的是铁轨外堆积如山的垃圾,空中密密麻麻缠绕的电线,飘浮在低空里的沙尘,以及废墟围墙上褪色的海报和老爷车冒出的浓重尾气。可就在这无序的杂乱中,天空蓝得像一块无瑕的宝石,一栋一栋童话般的杏黄色住宅镶着明艳的埃及蓝百叶窗,院墙上爬满大簇大簇白色和紫红色的九重葛,花花绿绿的布篷下支起水果摊子,穿长袍的男人把葡萄和椰枣堆积成金字塔的形状。是如此贫困混乱却丰饶有力的生活。

这承载了五千年文明的城市呈现出一种令人爱憎交织的奇异感观,这便是,我与开罗的初见。

31.喧嚣背后的宁静

"那一天,我又梦见大雨中的马苏雷。初夏,伊朗。"

我在开罗,天亮得很早,阳光透过百叶窗的缝隙照进室内,在灰白色的地板上留下明暗交错的线条。我从枕头下抽出破损的记事本,靠在铸铁的床架上,用半截铅笔写下小说的第一句话。从马苏雷开始,一个反复梦见的伊朗村落。撒哈拉沙漠带来的干燥高温,在唰唰的写字声中,被马苏雷的沉寂与忧伤淹没。

这是寻常的开罗清晨,早市照例喧闹起来,就算躺在床上,也能想象窗外那日复一日的繁荣景象。便宜好吃的比萨铺子前正排着长队,牛肉与番茄和橄榄一起烘烤的香味弥漫整条街巷。长长的甘蔗正被送入轰隆运转的压榨机中,你像身边的人们一样站在街头,对着车水马龙将这甘甜清冽的汁液一饮而尽。远处天桥下又挂满来历不明的二手衣服,小贩们争相叫卖起来。一件发黄的中世纪式样的婚纱礼服在灰尘中悬挂多日,精致优雅的手工刺绣保存完好,在飘荡着尘埃的时光里,你分明看见,它正从盛大的宫廷宴会走入混杂着暧昧气味和污渍的露天市场里,时间流转得太迅速,你似乎还能嗅到那遥远的脂粉香气在奢华的摇扇间萦绕。

结束纵贯埃及的旅途后,我又回到开罗。我已在此居住多日,它时常像个糟糕的情人,性情暴戾,肮脏混乱,若即若离,无疑它又是个天生优秀的魔术师,浪漫神秘,变化万千,五光十色。对于这个同时具有厚重璀璨的历史文明和便利低廉的现代生活的巨大城市,我如同陷入欲罢不能的恋情。

突然想留在开罗写一段关于旅途的故事,那些匆匆而过的亲爱的陌生人和被生活粗暴展露的缺陷与伤口,以及我爱过的人、爱着的人。

【喧嚣背后的宁静】

　　有时候整日关闭在狭小陈旧的旅馆里写字,这样的写作方式,即使在人口最为密集的非洲城市,感觉仍像独自置身于辽阔海域中一艘漂泊生锈的船上。这封闭的船舱携带着一种老戏院多年以来固有的气味,香烟、毛发、油脂、汗水和甜点混合的暧昧。

　　一日之内,百叶窗投射的条纹光斑从地板上缓缓移至床头的墙面上,涂料斑驳脱落的浅绿色墙壁正中,挂着一幅被灰尘浅浅覆盖的油彩画。

　　画中碧蓝壮阔的尼罗河面波光粼粼,三桅船上撑起白帆,两岸翠绿的田野边种着高大的椰枣树,河流的中心有一片森林般郁郁葱葱的岛屿。开罗金黄的斜阳打在油彩画上,每次看它,便似乎感到源远流长的尼罗河水正从画框里满溢而出,身体漂浮起来,瞬间被带回埃及的南端。发源于东非高原的尼罗河,流经非洲多国,在苏丹汇集,下游河段从南至北穿越沙漠贯穿埃及,汛期的河水携带肥沃的泥浆溢出两岸,使埃及在贫瘠的沙漠地貌中神奇地成为人口密集的农业国家。人们在尼罗河岸边繁衍生息,这宽广深沉的河流,象征着埃及灿烂文明的起源。

尼罗河面波光粼粼

良辰美景，宛如初见

我从千里之外来到尼罗河畔，纵然埃及遍布了无数历史悠久神秘震撼的墓穴与神庙，可我心中关于埃及最久远和深刻的记忆，仍然是尼罗河，这闪烁着梦幻般光泽的非洲长河。

数年前的画作，与今日的尼罗河景致并无不同。几千年前的苍翠小岛，依旧停驻在尼罗河的中央。

乘坐小小的摆渡船上岛，一走上码头古老狭窄的阶梯，便看见太阳从高大繁茂的枝叶间洒下，在湿润的空气中折射出彩虹般绚丽的光线。赶着羊群的妇女头顶巨大的瓦罐，迎面走来露出羞涩的微笑。大片青翠茂盛的庄稼边上，农耕归来的黝黑男子靠在草堆上安静地休息。简陋却色彩明艳的努比亚村庄房舍前，赤脚的孩子唱起纯真的童谣。尼罗河上柔美的日落，惊鸿一瞥，万般旖旎。象岛，幽静得宛如孤绝的世外岛屿。

象岛居民

色彩明艳的努比亚村庄房舍

写给顾的信，都留在了象岛。随身携带的记事本破损得厉害，装订线已经松脱，那些简易的手绘地图和徒步路线，不同语言的问候语，英文无法沟通时随手画的小图，陌生的人们给我留下的家庭地址，填字游戏，还有写给顾的信，一张一张脱落。

一个孩子要折纸，便把最后几页的信送给了她。她把纸铺在地上，笨拙地折叠，反反复复，终于折出一只

努比亚房舍涂鸦

【喧嚣背后的宁静】

尼罗河中央的象岛

稚气的纸飞机。微笑着看她起身向着西沉的太阳慎重地掷出，飞机在空中低低盘旋，她追逐而去，再次放飞，背影渐远。我尚未来得及重新阅读这些信，亦无处投递，这夕阳下远去的纸飞机，就像是，一次将情感清空的仪式。

　　从象岛买的羊角胡琴带回了开罗，跟行李一起放在房间的墙角，我还没有学会怎样将单调的弦音变成悠扬的乐曲，只是喜欢这古朴的手工。我不知道，会带着一件无法拉奏的乐器走多久。就像带着一段无用的记忆和一袭没有机会穿的白裙。

　　有时候困在房间里却写不出一个字，便随意把记事本里掉出的残页叠在一起，合上黑色硬皮封面，锁上门出去四处游荡。

　　最爱去的是老开罗科普特区，那些陈旧的教堂和修道院，以及密集错落的墓地，透出一种与阿拉伯世界的喧嚣截然不同的静谧。虽然毛驴拉着板车得得地踏蹄而过，卖蔬菜的小贩把水烟吸得咕咕作响，快要散架的奔驰牌小巴在马路上呼啸，头顶着装满大饼的巨大箩筐的男人高声用阿拉伯语交谈，可是老开罗还是带给人不受干扰的沉静，如隐蔽于森林深处的大湖，这是建

筑和时光自身的气质。

我就是想看一看,那些修建于4世纪至5世纪的教堂,古老的石头外墙那暖暖的黄色,十字架在阳光下投射的阴影,穹顶上高悬的水晶吊灯和彩绘玻璃,谦卑地亲吻有圣母画像的柱子的教徒,经过时光冲刷仍精美异常的浮雕和手绘壁画,庄严的圣坛,被摩擦得光洁圆润的大理石阶梯,以及带着浓厚罗马帝国建筑风格的城堡废墟遗址。

穿过地下古城狭窄曲折的石板路老街,粗糙的墙壁上挂着画册、书籍、时代久远的老照片和印刷宗教故事的纸莎草画,常常看见一个白发的老人坐在一束阳光下,面带微笑向路人讲一段玛丽亚、耶稣和约瑟曾在此避难的故事。

老开罗的小巷子,仿佛连接着一支奇幻的万花筒,我永远不知道走到尽头会看见什么。有时候跟随穿着黑色长袍迤逦而过的妇女,转过街角来到一场基督教的婚礼上,正看见新人彼此郑重交付誓言的一幕,便站在人群中间无由地掉下眼泪。有时候为了靠近一只从院墙顶上一跃不见的绿眼睛黑猫,不知不觉深入墓园,穿梭在密密麻麻的十字架间,艰难地寻找迷宫般的出口,沉寂的空气里,即使一片树叶落地也能听得真切,而找到出口时太阳渐渐西沉,看守墓园的老人正在锁门。也会遇到一些放学的孩子,跟我挤在一起热闹地合影,或是一个安静的老妇人,膝上放着打开的《圣经》,她已在午后的树阴下沉沉睡去。

【初见】

32.初见

天黑后我去旅馆楼下的小店子里吃东西,一种埃及常见的食物,发音叫做考谢利,由蒸熟的米饭、空心粉、米粉、鹰嘴豆等多种食材混合,撒上炸洋葱和蕃茄酱,再叫一份甜糯的米布丁,一共不到十埃磅。

店子里有两个年轻的伙计,每晚都要讲几个简短神秘的故事。有时候去吃饭好像只为听听他们的故事。

埃及常见的食物考谢利

吃下一份快餐的时间里,他们坐在餐桌的对面,各讲了一个盗墓者的离奇死亡和一个木乃伊来世的命运,绘声绘色的样子,就像亲眼见证过似的。我并不会害怕,倒是常为他们故作惊悚的神情而止不住笑起来。

我记得曾在一本书上看到,埃及人的生活就是走向死亡的历程。我们在埃及看到的那些最伟大的奇迹,金字塔、帝王谷、部分神庙以及埃及博物馆里陈列的大量雕刻、木乃伊、石棺和陪葬品,皆是死亡呈现出的野心勃勃的永恒和辉煌,一种由死亡走向来世的铺垫。

一个服务生叫赛义德,他问我:"安妮,你去看过金字塔吗?"

"当然去过。"我说。

他害羞地笑了,不到20岁的埃及青年,他从来没有去过世界闻名而近在咫尺的金字塔。他在开罗,用微薄的收入负担乡下一家七口人的开销。混乱稠密的首都街头,亦有太多的人陷入极度的贫困之中。一边是举步维艰的

生,一边是穷奢极欲的死。这上演了几千年的真实故事,其矛盾和离奇胜过人们在茶余饭后聊起的任何不可思议的传闻。

赛义德最后讲了一个关于埃及古老的占卜术的故事,说这位精通占卜未来吉凶的老妇人仍然活着,在汗·哈利里市场里摆摊卖熏香。

我对这个故事兴致很高,一直诧异于世上竟然有人能够通晓命运的玄机。赛义德说自己会用咖啡渣算命,我们立即去路边买了三杯咖啡回来,各自喝完,将杯子倒扣在桌面上。他一一翻开,辨认杯壁上的残液痕迹,神秘而缓慢地开启我们的命运。

我怀着一种奇怪的虔诚,静静等待他的占卜。

安妮,你会衣食无忧,去很多美丽的地方,将拥有美好的爱情和幸福的婚姻……

他用低沉而诡异的声调将这神秘的预测渲染得真实而庄严。如果对生活怀有持续的激情并且实践,维持生存和旅行,也许并不难。可是爱情与婚姻,如何等待或获取,他是谁,在什么地方,何时才能相见?赛义德,你能看到这些吗?

我们一下子陷入了沉默,不过是一个占卜的游戏,我却把他当成了生命的编剧。小餐馆外面夜市的声浪高亢起来,这混乱又寂寞的世间,人群熙攘,交织穿梭,没有人回头看一眼与自己擦肩而过的那个人。彼此越走越远,恐怕再也找寻不到。赛义德不忍让我失望,又对着咖啡杯子仔细研究一番,好心地说,很快,很快就会遇到你爱的人。

赛义德下班后,陪我去逛夜市,我在地摊上买了一本新的记事本。小说的字数越来越多,旧本子快要写不下。

"你写什么?"

"关于旅途和爱。赛义德,如果两个人在开罗久别重逢,场景安排在哪里最美?"

"当然是金字塔。"他快乐地说。又告诉我他将会在金字塔前向心爱的

【初见】

金字塔

姑娘求婚。

　　我微笑着点点头,也许我会写下这样一个小说结局,相爱的人最终在金字塔再度相见,即使真实的旅途千山万水相逢不易。那画面会像电影《Cairo Time》里一样唯美,塔雷格把西装脱下来,铺在金字塔巨大的石块上,朱丽叶一袭长裙坐在上面,身后是世界上最壮观的奇迹和漫漫无际的黄沙。

　　开罗市中心的游行活动如火如荼,愈演愈烈,白天总是需要从摩肩接踵的人群中穿过。这样热闹拥挤的街道,起初让我误以为迎来了埃及的某个盛大节日。

　　会在傍晚钻进汗・哈里利市场里晃悠,这繁乱的集市浓缩了阿拉伯人的传统文化风俗和市井百姓的生活。你会发现,古董店藏在云雾缭绕的水烟馆后面,做手艺的老人将一根纤细的银线精细地镶嵌进铜器的表面,卖乐器的男子穿着长袍在窄巷里的一线日光下自弹自唱……

　　有时我也会在某个简陋的香料摊上好奇地打探那擅长占卜术的老妇人,每次一开口,便有一圈年轻英俊的阿拉伯男孩子围上来,声称自己通晓算命,并列举各种各样的故事以证实自己的预测精准。他们无一例外善意地替我安排好了未来,无忧无虑,相爱相守,宛若天堂。这甚至是必然的,他们的笃

定令人不得不深信。

可每当我怀着对前程的美好想象喜悦地挤入游行的人群时，目睹那庞大的人潮中一张张悲伤或愤怒的脸，突然疑惑，他们的命运，可曾经过神奇的占卜，他们可曾料到会因生存的艰辛而走上街头日复一日地抗议。叩问生命漫长的前路，岂是三言两语能够道尽。

通向解放广场的路又被游行的人群封堵，在队伍的最前端，一个男人被高高举过头顶，他攥紧拳头高声叫喊着口号，每喊一声，身后的队伍便整齐地重复一遍。声音洪亮，气势逼人。警察数量庞大，在路口设下障碍，禁止车辆通过。

抗议游行活动

这是我在开罗见到的一次最大规模的游行，人声鼎沸，水泄不通。示威的人群前夜已经在路边搭起帐篷，做好了持久战的准备。

我混在游行的队伍里，被涌动的人潮推动前移，环顾四周，好像身处海洋之中，难以靠岸。赤裸的脚背不断地被各种鞋子踩踏，我发出的惨叫瞬间便被抗议的声浪吞噬。

靠近解放广场时，队伍陆续松散，人们开始重新组合，拉起横幅，在铁栏杆边悬挂标语，分派传单、拍照、呐喊、组织、协助、游说、围观，热闹非凡。

我终于从逼仄的人群中挤出来，站在路边松了一口气。一个教师乐于帮我翻译阿拉伯语，他说，这些诉求主要是教师要求涨薪、贫民要求解决基本的居住条件、降低失业率、控制物价、增加退休金……

我听着他一一翻译视线所能及的标语内容，看着烈日下那些流汗的脸，他们举着一小块代表自己心声的标语，用一种尚能控制的和平与自由的方式

【初见】

表达着诉求,无数的人面临着住无其所、老无所依的境遇。人们的愿望归根结底只有一个,摆脱贫困。为此,大家收拾起尊严,将真实的生活伤口,血淋淋地曝露在阳光之下。

走入解放广场,人群忽然骚动起来,一些人混乱地挥舞着手臂,激烈的呐喊声乱成一片。究竟发生什么了,会讲英文的教师一下子便从身边挤散了,愤怒无章的阿拉伯语令我茫然。混入游行活动之中,无疑是一次无趣荒谬的冒险,也许保持游客固有的呼吸频率安全愉快地游览埃及才是我应该做的。在慌乱中,我的帽子被挤掉了,推开身旁的人准备弯腰去捡时,背包带子又被人不

抗议游行活动

小心拉扯,才奋力挣脱开来,胳膊便被人一把抓住,我被大力拉出亢奋激动的人群。

我惦记着捡帽子,想要钻回去,所以一直在逆向用力,野蛮地挣扎。忽然有些生气,使劲儿甩开紧抓着我的那只手。当我恼怒地回头看的一瞬间,却猛然怔住了,嗓子里发不出任何声音。

人群持续骚乱,互相碰撞,在铺天盖地的嘶叫声中,我的身体出现一种窒息般的冷静。他伸手帮我把额头上一缕湿漉漉的头发夹到耳后,微笑着问,你在参加游行么?

我的心猛烈颤抖起来,数日来所有的想念和期待都化成胸腔的一股酸楚,我发现我之所以发不出声音,是因为正在用力地压抑和克制牵动心脏的那根神经,不让它疼痛。顾,是你么?

不要站在这里。他一边说一边拉起我的手向人群的外围挤。

我仓皇地跟在他身后,与一个又一个的陌生人短暂碰撞,在缝隙里艰难

地穿梭。我能清晰地感觉到他手心的温度和力量，甚至手腕上脉搏快速而有力地跃动。那么，这一刻，确定是真实的。时隔数日，在异乡混乱繁杂的街头辨认出彼此，一种靠近凶险的甜美，在心里盛开成烂漫的花朵。拥挤的人群中，我的喜悦一寸一寸明了，如同在风中的旷野奔跑起来。

我有许多许多话想要跟他说，关于那些走过的路，在安曼旅馆里看到的他的名字，不再保存的写给他的信，写到一半的小说，还有那一直没有穿过的洁白裙子，想要问一问他，在土耳其车站里同行的韩国姑娘……那么多语言同时在脑海里纷乱交织，可是在路边停下来，最终说出口的却是：顾，我的帽子掉了。

他露出一个讶然无奈的微笑，把两只手按在我的双肩上，他说，你站在这里不要动。

我看见他转身向广场走去，越来越远，挤入起伏的人潮。

他的白 T 恤慢慢消失，我低下头，盯着人字拖里黑瘦的双脚，我想象中的重逢不是这样的，不是在这里，不是如此的仓促狼狈。我曾在心里埋下无数与顾相遇的伏笔，原来是一场场诗意的幻象。

人群躁动，灰尘弥漫，空气里携带着被高温蒸发的来历不明的污水气味，几个男人经过身边装作不经意地碰触。我在人群中寻找顾，他离开得太久，我开始恐慌起来。这恐慌就像在过去的旅途中毫无征兆地想起他的时刻，不能自已，无处可逃。

忽然看见顾举着一顶沾满脚印和灰尘的旧帽子挤出来，他的衣服上有大片汗湿的痕迹，我朝他跑过去，刹那间仿佛步入茉莉芬芳的秘境。

他说，大概两个礼拜前，我在拉美西斯火车站，看见一个人很像你，于是我隔着铁轨对另一边月台大声叫你的名字，可就在那时，火车进站了，两边的月台被彻底阻隔，一切变得如幻觉一般，我想那并不一定是你。

我们并肩走在热闹的开罗街头，恍然如同回到寂静的马苏雷雨巷里。我低着头，用长久的沉默抑制即将汹涌而出的眼泪。我渴望这条路漫长得没有

【初见】

尽头,可以一直,一直像此刻这般。细碎的阳光透过叶缝落下来,过往像电影一样清晰呈现,空无一人的大巴扎,呵护在掌心里的萤火虫,一个慌乱躲闪的没有发生的吻……我把脸扭向一边,终于无声地掉下眼泪。

我记得拉美西斯火车站那苍茫而寂寥的暮色,站台上有一盏因故障而不停闪烁的路灯。人们扛着巨大的行李涌向铁轨边上,热烈地等待轰轰隆隆进站的老旧列车。我似乎听到有人叫我的名字,转身却是人海茫茫。

穿过马路时,顾轻轻地握住我的手,在巨大而嘈杂的城市里,侧过头去看他,笑容纯真,良辰美景,宛若初见。